小説家の帰還　古井由吉対談集

病気について

――――――江藤　淳

江藤淳（えとう・じゅん）一九三二〜一九九九

批評家。東京生まれ。慶應義塾大学文学部卒業。大学在学中の一九五六年、偶像化されてきた漱石像をくつがえし、その後の漱石研究の方向を示すこととなる『夏目漱石』を刊行、新進気鋭の文芸評論家として一躍脚光を浴びる。六二年から数度にわたりアメリカに滞在、『アメリカと私』を生むとともに、のちの「国家」への関心や敗戦・占領期研究の契機ともなった。六九年末から約九年間にわたり毎日新聞の「文芸時評」を担当した。また、「フォニイ論争」や「無条件降伏論争」などの論客としても知られる。

主な著書に『作家は行動する　文体について』『小林秀雄』（新潮社文学賞）『犬と私』『成熟と喪失　〝母〟の崩壊』『漱石とその時代』（菊池寛賞、野間文芸賞）『夜の紅茶』『一族再会』『海舟余波　わが読史余滴』『海は甦える』『一九四六年憲法　その拘束』『自由と禁忌』『近代以前』『批評と私』『昭和の文人』『閉された言語空間　占領軍の検閲と戦後日本』『全文芸時評』『南洲残影』『妻と私』『幼年時代』などがある。

古井　ひさしぶりで対談の相手をさせていただきます。何年ぶりでしょうか。

江藤　そうですね、もう十五、六年ぐらいたっているかしらね。

古井　それぐらいにはなりますね。

江藤　やはりこのうちだったかもしれませんね。二階だったかもしれない。

古井　もうこの頃は、あれは何年前だって聞かれると、何でも十五、六年前になってしまうんですよ（笑）。ひょっとすると二十年ぐらいになっているかもしれません。

江藤　いや、二十年近くたっているかもしれません。ヨーロッパのロマン主義かなんかの話をしましたね。

古井　そうです。ロマン主義の東漸の話と、それから世上の事件で、たしか女性の殺人者がいまして……。

江藤　そうそう、十文字とか八文字とかいう面白い名前の人がいて、それがどうだという話をしましたね。

古井　しましたね。
江藤　よく覚えているもんだね。
古井　覚えているもんです。
江藤　いや、ほんとに。僕は古井さんが体調を崩されていたのはお書きになったもので承知していたんですけれども、どこがどうお悪かったかはよく知らなくて、何でも大変だったということだけはわかっていた。そのうち私も腰骨を痛めて入院する羽目になりましてね。そうしたらある日、高井有一さんたちと一緒に見舞いに来てくだすって、少し話を伺っていたら、これはどうも私のやつより大分本格的だったなあと思ったんですが、どこがどうだったんでしたっけ。
古井　椎間板ヘルニアというのがございますね。これは腰でやるものですが、それを首でやってしまったわけです。頸椎の五、六番目のあいだの間板、クッションですか、これが内へ飛び出してしまって、脊髄を圧迫するものですから、だんだん手足が利かなくなってきて、これがもっと進んだら、完全に四肢不随ということになるわけですが、その手前辺りまで行きました。手術ぎりぎりまで歩いてはいましたけれど。
江藤　痛みですか、痺れですか。
古井　痛みはありませんでした。痛みはないんです。痺れとも言えないんだけど、重くなるんです、四肢の動きが。たとえば病気が出る三、四ヵ月前からよく駅なんかで小銭を取り落とす。どうも手先がおかしい。字を書くときに、ふだんからちょっとおかしいんだけれども、その手つきがいよいよおかしくなる。

それから、これはもう一昨年になりますけど、年末になっていきなり足が重くなったんです。歩行がやや困難になった。常識で考えたら、歩くのがきつくなったというのは由々しいことですね、歳からいって。

江藤　それはちょっと早すぎますよ。

古井　ところが、たまたま忙しい頃で、私としては超人的な量の仕事をこなしていましたから、これは過労だと思い込むわけです。まだあと一ヵ月は頑張らなければならないと。まあ一ヵ月先になってゆっくり休めば治るものだろうと。

江藤　だいたいそう思うんだ。

古井　自己診断しますと、そういう時に限って調子がいいんです。

江藤　そういうものですね。

古井　確かに足は悪いし、手元もおかしいんだけれども……。

江藤　高揚しているんですね。

古井　ひとり勝手な頭脳明晰。これは困ったことですね。どうも私が想像するところでは、たいへんな障害が出ているものだから、体が非常警戒態勢に入って、防衛の戦線を縮小して……。

江藤　そうですね。二十四時間体制に入っている……。

古井　ずいぶんいろいろ動員もかけて……。だからたいそう仕事はてきぱき進むのです。

江藤　それは羨ましいですね。

古井　これは危ないなとは思ってました。

江藤　いや、私は去年なんですけれどもね。どうですか、考えてみると、やっぱり疲れがたまっていたという感じがありませんか、あなたの場合は。

古井　あります。それも三ヵ月や四ヵ月じゃなくて……。

江藤　長年の。

古井　はい、長年の。

江藤　執筆の疲れというか、身過ぎ世過ぎの疲れというかね。いや、私もどうもそうなんですよ。東工大を定年になる前に退いて、慶応から帰ってこいと言われたものですから、二年前の四月から慶応に帰ったんですね。

そうすると、東工大の終わりの頃というのが、歳嵩になっちゃったものだから、役職をやらされたりなんかして……それはまあ勤めですから、会議ばっかりやったりなんかして、そういうのもこなしていたんですけれどもね。それが慶応にかわってちょっとホッとしたというのか、爾来なんとなくどこか疲れているなという感じはあったですね。その疲れがそのままほぐれちゃうのかなと思っていたら、例の湾岸戦争というのが始まった。もちろん一昨年の夏から、いつ始まるか始まるかという状態になって、別に戦争が始まろうが始まるまいが、どうってことはないんですけれども、批評家というのは因果なもので、これが時代の変り目だったり、今まで世の中の通念になっていたようなことを引っ繰り返すような事柄なのかなあ、だとしたら見定めておきたいという気持ちもありますよね。

そうすると、またそういう方面で発言を求められたり書いたり、ということになってしまった。その頃はもっと疲れていたに違いないんだけれども、おっしゃる通り主観的には非常に元気がいいんですよ。こんなに忙しかったことは十年来ないなという感じだったですね。

古井　それですね（笑）。

江藤　俺も捨てたものじゃない、まだ若いんだ、第二の青春だなんて……（笑）。そこまでいかないにしても、仕事はできる、次々こなす……と思っていたら、去年の五月の下旬だったです。突然、寝ている間に高熱を発したんですよ。どうも変なんで、滅多に熱など計らないんだけれども、古い体温計で計ってみたら九度五分もあった。その翌朝、腰に稲妻のような痛みが走った。これがあなたの場合は頸椎でしたね。私の場合には腰椎なんですよ。腰椎の二番目と三番目のところに風邪の黴菌がくっついちゃったんです。

ところがそれが分からなくて、以後二ヵ月ぐらい、これはぎっくり腰だろうというわけで、自己診断して放っておいたら……放っておいただけじゃなくて、熱が下がるまで休んですぐまた勤めにも出る、仕事もする。何にも日程を変えずにやっていたら、七月の末頃になって、熱がこもったような妙な状態になりましてね。まる二ヵ月と一週間ぐらいたったら、ズキズキ痛くなってきて、腰痛はちっとも治らない。

ぎっくり腰ならそのうちに梅雨でも明けたら治るだろうと思っていた。ところが治らないどころか、変に陰険に熱の籠ったような状態になって、そこで漸く調べ出したんですよ。

だから八月中は検査ですね。この検査というのは気味が悪くていやだったですね。

古井　いやですね。

江藤　まあ病気というのは、正体が分かって、手術をするなり他の治療をするなり、これでやっていくという見通しがついたあとは、時間がどれだけかかるかというだけのことでしょう。

ところが、一体何が正体かということが分かるまでは、いやなもんですなあ。

古井　これはほんとに自分の生身がテーマになる。だから自己解釈もするけれど、人さまがいろいろ寄ってきて解釈する。また解釈していただかなければならない。このつらさがありますね。

江藤　ほんとですね。痛みとか、古井さんの場合だったら違和感というんですか、痺れというか、重さというか、これは意識でコントロールできないでしょう。

古井　できません。
江藤　意思を全く超越していますよね。これが何ともはや、われわれみたいな意識で自分をコントロールしながら仕事している人間にとってみると、身体がはみ出ちゃうというかね。身体が実在するということを見ていないんだなあ、ふだん。
古井　そうですね。
江藤　これが最初の発見だったですね。さっき小銭が取れなくなったとおっしゃったでしょう。私の場合は、顔が洗えなくなってくるんです、腰が突っ張っちゃって。それから靴下や足袋が普通に履けなくなってくるんですよ。体が屈めないから。
　腰痛にはいろんな原因があるんだそうですけれど、症状はみんな一様に同じになるんだそうです。だから、こういう痛みだと言ったって、それだけじゃ医者は分からない。
古井　私も最後に腰に来てました。
江藤　ああ、やっぱり腰にまで……。
古井　膝が不自由なものだから、腰に無理がかかって、とうとう痛みが来ました。やっぱり顔を洗うの、靴下を履くの、これが……。
江藤　そうでしょう。できない。エレベーターみたいに体を上下させるのはできるんですね。ところが屈伸運動は全くできなくなってしまう。ふだんは事もなげにやっていたものだなあと思ってね。

古井　立ち居とはよく言ったものですね。

江藤　ほんと。立居振舞（たちいふるまい）ね。立つほうはともかく、居ができなくなってくる。

古井　で、そのあとの経過は？

江藤　おかげさまで、病気の正体が分かってからは二ヵ月余り入院して、これは要するに化膿菌ですから、抗生剤で叩くというのを徹底的にやりました。

古井　どのくらい時間がかかるものですか。

江藤　時間はかかるんです。骨の中というのは細い血管しか通ってないんですよ。そこまで薬が染みていかないと効かないわけでしょう。

古井　僕もなまじ科学知識があるものだから、普遍的な処理ができるものだと思っていたら、何事にも個人差があるんだそうですね。

江藤　そうなんですね。幸い私の場合は抗生剤の顕著なアレルギーは何もなかったんですけれども、まず若い医者が来て調べるでしょう。幸い何もありません。それじゃこれから行きましょう、というわけでね。それこそ湾岸戦争じゃないけれども、下手な鉄砲も数撃ちゃ当たるみたいに、守備範囲が広くていろんな黴菌に効くやつがある。それを一種類と、たぶんこれが効くだろうからこういうのを一種類と、都合二種類点滴で入れるんですよ。そうすると、じゃどっちが当たっているのかなと思うでしょう。片方の鉄砲は全然それ弾ばかりかもしれないわけだ。

それを二週間ぐらいやって、今度は薬を替えて……そうするとだんだん効いてくるんですね。効いたからこうやってお話ができるんだけれども。

古井　まあ自分の体をそう扱われると、えも言われぬ気持ちになりますけれども、人体の欠陥を探るというのは、たとえば機械の欠陥を探るのと一緒ですね。

江藤　ほんとにそうですね。だいたいそういうふうにやっていますね、今のお医者は。僕は西洋医学というものに誰でも持つような不信感を持っていたんです。だから腰痛などは、漢方の薬とか鍼（はり）とか、そういうものでより効果的に治るのじゃないか。そんなにガタガタ調べて、あっちこっちつつかれたり、血管から血を取られたりして、一体何をやってるんだろう、もっと体全体を診てくれたらいいのに、なんて途中まで思っていたんですよ。

　ところが、これがそうじゃないのね。僕は今度のことでは西洋医学信頼に戻ったな。

古井　そうでしょう。私の場合は江藤さんのケースよりもっと物理的な病気ですから、全体療法というのは意味がないんですよ。それこそレントゲンを撮って、どこが壊れているか。壊れているところを補修しなければならない。まさにそれなんです。

江藤　そうなんですね。

古井　だから漢方もへったくれもないんです。

江藤　ない、ない。見舞いに来てくれる人で、同学のほかの大学に勤めている人がいるでしょう。そういう人がたまたま国際学会をやっていて、私がその経理係をやっていたりしたので、打ち合わせに来たりするわけですよ。
この人はほんとにハイカラなクリスチャンなんだけれども、病気というと漢方を信じて、七種類だか八種類の漢方薬をいつも持って歩いているという人なんです。いや、それは江藤さん、漢方がいいって病院で言うんだけどね。途中まではそういう心境だったけれども、私も検査が始まってから、やっぱりこれは人間機械説の限界までいかないと治らないということが、よく分かりました。
古井　まあ情け無くも滑稽な体験でした。
江藤　ほんとですね。
古井　自分の故障が、明らかに機械の故障なんです。
江藤　そうなんですね。
古井　物理的な故障ですから、物理的にやっていただくよりほかない。それをこの体が生身で耐えなければならない、その苦痛を。
江藤　それがあなたと私の場合は、どっちも骨でしょう。骨っていうと、なんとなく納得しやすいんですね。これは物理的なものだと。もちろん細菌がついている場合は、そこのところは化学変化が起きているわけですから、化学的なものでもあるわけで、物理化学、これで済んじゃう。

内臓だと、そうも行かない。たとえば心臓というと脳死が死なのか、心臓の停止が死なのかというふうになって、なにやら意味がついて来る。心臓というものは不思議な臓器ですね。

それから肝腎なんていうように、肝臓や腎臓だって、人間の内臓というのは、東洋でも西洋でも、象徴的な意義のあるものだとされているでしょう。ところが骨というのはね……。

古井　ほんとにそうなんです。解剖学的なものですから。

江藤　なんとなく、ああ、骨かというので、許せる感じがするところが救いだね、あえて言えば。

古井　そのかわり故障をはっきり見せつけられるつらさ、これには文句の言いようがないのですよ。

江藤　それはそう。

死に至る病から物理的な病へ

古井　医者から宣告された時、のちになって、俺もずいぶん冷静にこれを受け止めたものだと思いますけれどもね、その場では文句の言いようがなかったんです。

江藤　ほんと、ほんと。いや、それが私の場合には宣告がダブルでしてね。宣告というんじゃないんだけれども、要するに二ヵ月間ぎっくり腰だと思って放っておいて普通にやっていたら変になったというところで、調べ始めたんですから、それまで骨の写真は撮っていなかったんです。

それで済生会の東神奈川にある病院なんですけれどもね。そこの院長が僕と慶応の同期なんですよ。前からわがままが利くものだから、そこへ行ったのです。骨は整形だとはそれまで知らなかった。整形外科というのは、何で上に整形というのがくっついているか知らなかった。外科というのは内臓なんですね。整形というのは骨で、要するに表か裏かなんです。これは裏だっていうから、ああ、裏かっていうので、骨の写真を撮ったら、整形の先生が難しい顔をして、ここんところがこう変形している。ほら、こうなっているでしょうなんて言って見せてくれる。ああ、そうですな、どうしてそうなっているんですかと訊いたら、どうしてということを言わないんですよ。

古井　そうです。

江藤　黙って難しい顔をして、変な金槌みたいなもので、あっちこっち叩いたりなんかして、響きますか。そこはジーンと来ますと言ったら、そうですかと言って、今ちょっと電話をかけますからと。どこに電話をかけたのかと思ったら、慶応病院にかけているんですよ。ＭＲＩという核磁気共鳴映像法とかいうの、あなたもおやりになりました？

古井　やりました。

江藤　そのＭＲＩという機械が、来年にならないと済生会には入らない。慶応に行くと二つあるから、いま非常に混んでいるけれども、その人も慶応出身の人だもので、ちょっと予約だけとっておきましょう、というわけですよ。なんでそんなものを……。なにしろ次元が高い、非常に精密なものがわかるというので、その検査の結果を見て判断する、といっている。

それから何日かたって慶応まで行って、ＭＲＩという人間魚雷みたいなやつの中に入ると、不思議な音がするんですね。あれをやってきたんですけれども、その時は医者の顔を立ててここに来たと思っていた。僕はまだその時は総合的なことを考えていた。それで、その帰りに鍼に行った。生まれて初めて鍼をやった。それはものすごく悪かったですよ。炎症が起きているところに鍼をやっちゃったから……。

古井　ああ、よくないですね。

江藤　よくないですよ。そのＭＲＩの結果、これは検査入院だっていうわけ。済生会では。というのは向こうは骨髄腫だと思っている。腫瘍だと思っている。

そのうちに、院長が友達でしょう。夜十時頃、病室へやってくるんですよ。こんなのを書いたから読んでよなんて言って、「緊急医療のやり方」なんていうパンフレットを持ってくる。退屈しているだろうと思ってと、馬鹿にやさしいんだね。

だから僕は、はっきり言ってくださいよと。こっちはいろいろ仕事の段取りもあるし、はっきり言ってくださいよと、何度も頼みましたね。いや、わかってる、わかってる。まあ読んでとか、よく眠ってとかなんとか言って、やさしいんだよね。気味悪いな、こんちきしょうと思ってね。ラジオを聞いたら、中日ドラゴンズが負けていたりして、どうも辻占が悪いなと思ってね（笑）。僕はドラゴンズのファンなものですからね。そういうふうに一つ一つ詰めて行かれた時は、いやな思いをしたなあ。そういう段階はなかったんですか、古井さんの場合は。

古井　私などの病気のイメージというと、まず結核。これはもう時代が過ぎた。そうすると、癌か脳の病気ですよね。

江藤　そうですね。

古井　そういうものに対して密かに覚悟しながら生きている。足が重くなると、当然疑うのは脳ですね。

江藤　ああ、そうか。

古井　腫瘍とか血栓とか。それに対して自己診断を厳しくしまして、やれ言語明晰だの、やれ情緒安定だのって書きつけているんですよ、四つぐらい理由を。だからこれは脳ではないと。でも、それ以上の対処をしようとしないんです。大病院へ行ってきちんと診てもらうこともしない。

そんなふうに無為無策にすごして、ようやくがたがたになった頃に、知り合いが電話をかけてきて、たまたま私の留守中で家内から私の近況を聞きまして、その人は青ざめたんです。というのは、その方の奥さんは日赤の古手の看護婦さんで、その方面の知識はふんだんに持っている。膝が重くなった、歩行がやや困難になるというのは、脳が疑われるそうです。その方のお世話で入院したわけですけれども、私もそちらの覚悟はちょっとしてたんです。

そうしましたら、外来で診てもらってから入院後の診察に至るまで、やられることがすべて物理的なんですよ。やれ、指を叩いたり手を叩いたり、そのほかには一切やってくれない。僕が医療のイメージとして持っているようなことを。

江藤　ああ、それはしてくれないです。何もしてくれない。療のほうはしてくれないです（笑）。絶対してくれない。

古井　これはどういうことかと思って……。ところがお医者さんは外来の時から見当をつけていたらしい。これは首だと。

ですから脊椎の横断面写真を見せられた時、脊椎の首のところで細くくびれているので、これはえらいことになったと思いましたけれども、いわゆる大病のイメージをきれいにはぐらかされたなと思いましたよ。

江藤　いや、それは早くてよかったですよ。僕は済生会にいる間は、院長以下全部、腫瘍だと思っていたわけです。ですから腫瘍でないというのを、消去法で消していくわけですね。腫瘍だった場合にあり得る、ほかの部位に散っているだろうとか、いろんなことを確認する検査をやらされる。シンチグラムなんていって、放射性同位元素を身体の中に入れて、それが出てくるのを見ると、私の影みたいなやつが写っているんですよ。スーラーの描いたサルってのがあったらこれじゃないかというような、そんなものが出てくるわけです。それもまた警友病院という病院が横浜にあるんですよ。そこにシンチグラムがある。元は済生会にもあったのだけれども、合理化でなくしちゃったらしい。しかし、この病人はそれをやってみないといけないから、よその病院へ行ってこいというわけで、みんな外に行って検査を受けて来るのですね。

それから変な話だけれども、骨というのは、腫瘍がもし悪性のものだったら、最後にくるところらしいですね。脊椎というのは。

古井　ああ、そうですね。

江藤　どうやら前立腺から飛んでいるというのが、非常に確率が高いんだそうです。そこで前立腺をエコーで調べるというのをやりましたね。泌尿器の部長さんというのが面白い人で、僕の身内のある男とよく似ているんだけれども、陽気な人で、前立腺は何でもありません。これは時々来て診ていれば大丈夫です。歳相応にしか膨れてませんから、はい、大丈夫です、と言って帰って行く。前立腺は何でもありませんというと、なんだかほかは別だって言われているような気がしてくるでしょう（笑）。

最後にすごいのが二つあって、血管造影というのとバイオプシーというのをやられた時には、承諾書というのを書かされる。検査で死んじゃう人がいる。

血管造影というのは、血管に造影剤を動脈から入れて、リアルタイムでX線で見ると、血管の形状で癌の原発部位が推定できて、そこから飛んでいるということがわかる。それをまずやりますという。これが実に不愉快な検査でね。あとで院長がきて、あれで死ぬのがいるんだよ（笑）。

古井　いるんだそうですね。

江藤　もう大丈夫、大丈夫。時間がたっているから大丈夫、なんて言ってる（笑）。

古井　あれで死ぬようならいずれ死ぬんだ、というような考え方らしいですね。

江藤　そうらしいですね。

古井　あれで持たないようだったら、治療も持たないだろうと。

江藤　その次は骨を削ったんですよ。鉄のパイプを脇腹から入れましてね。

古井　脇腹から……。入るものなんですね。

江藤　ストローみたいなのを入れましてね。その先がアイスピックみたいになっている。それで黴菌がついて変形しているということが後で確かめられたところを削り取って、プレパラートに作って染色してみる。その結果癌細胞が見えたら癌なんですね。見えなければば、これは炎症である。つまり外から入った細菌による感染症である。たまたま病理検査に来ているのが慶応の病理の先生だったので、検査の結果を待たずに慶応病院に移ることになりましてね。移った翌日の晩に結果が出て、これは炎症だということが確定したんです。

古井　江藤さんの場合は、死に至る病として最初は扱われたわけですね。俗にいえば地獄の二丁目ぐらいまではお出でになった……(笑)。

江藤　ええ、まあね。それで退院する前に、慶応病院の主治医が来て、その辺のことを洩らして行きましてね。ああ、これは炎症以外の何ものでもないと大きな声で言った、豪快なお医者さんです。退院の許可が出て、翌々日に退院という時に、血を採って調べますから、数値がずーっとよくなっているからもう大丈夫ですといいながら、いやあ、もし腫瘍だったら今頃はこれですよと言って、手首から先を直角に曲げた腕をダラリとふりおろす仕種をする。ダウンの意味なんですな。いや、炎症でよかったですよ。これからは酒も飲めますしと言って、こんなことをやってみせた。

だから、炎症だと聞いた時には、ああ、よかったと思ったけれど、周りはそもそもそんなふうに見ていたのかと。

古井　途中からがらりと雰囲気が変わりませんでした？　周りの。

江藤　そうです。そうなんですね。済生会で検査している時は、看護婦の表情が厳しかったです。これは死に至る病だって顔をしている。
古井　また、われわれもずいぶん知識が増えてしまいましたね、医学に関して。知らぬが仏というけれども、知りつつ仏になるわけです（笑）。
江藤　ほんとにそうですね。知りつつ仏とは、こはいかにか。
古井　耳学問とか新聞の医療記事を読んでいるだけでも、こういうことはなかなか忘れませんから、けっこう積み重なっている。しかも僕らの目に触れるようなところに書いてあるのは雑文めいた医学の記事でも、これは先端のものが多いんですね。最も優れた、最も体験を積んだお医者さんがお書きになる。
江藤　そうそう。平易に書いてくれる。
古井　エッセンスになっているんです。
江藤　そうですね。
古井　相当な知識がわれわれの中にあるので、これは知らずに死ぬというのはむずかしいですね、もはや。
江藤　むずかしいですね。ただ私はいいほうに引っ繰り返ったので、済生会の院長が慶応病院に見舞いに来てくれて、炎症だということが確定した翌々日ぐらいでしたね。こういうふうにいいほうに引っ繰り返る誤診はいいだろうって（笑）。でも、ツイテたなあって言うんですよ。その思い入れで、エーッ、そんなに、という感じをあらためて確認しましたね。
　慶応の婦長さんに言われたのは、入院してきた時には、やっぱりきつい顔をしていた。半月ぐらいたったら、だいぶ和らいだ顔になったというんですね。古井さんが来てくださった頃は、かなり能天気な顔をしていたのじゃないですか。
古井　もう雰囲気が違いました。
江藤　雰囲気がそういう変なのじゃなくなっていたからね。
古井　私の場合も、最初は死に至る病じゃないかという疑いが、本人には濃かったわけです。一般に医者はなかなかはっきりしたことを言わないものらしい。でも、自分は少なくとも小説家である。相手の顔で分かると、一度はそういうふうに意気込んだけれども、案外分からないのじゃないかなと。小説家こそ人や自分が見えないのじゃないかって、そう思い定めまして、病院に行ったんです。初めての外来に。いろいろ検査してくれるんだけれども、どう見ても死に至る病を扱う人の顔じゃないんですよ。
江藤　ああ、向こうがね。
古井　入院してもそうなんです。本当に機械として扱っているんです。
江藤　ああ、それはいいなあ。
古井　どこかを叩くと、どこかがひょんとあがるとか。それでようやく診断が出た時、心配は別のことになってきたんです。五体不満足になるのではないか。脊椎の手術ですから、間違えると両手両足が利かなくなる。これが一つ。これは整形外科のお医者さんがきっぱりと、きわめて安全な手術だとおっしゃってくださったんです。私はそういう時は逆らわないことにします。これで悪かったら、自分の体の性がよっぽど悪いんだろうと。
しかしこれだけ傷めた体が果たしてどれくらい元に戻るか。これが大きな問題になりましてね。

江藤　そうですね。

古井　それでも、自分が思ったよりも事柄自体が楽天的に進みましてね。

江藤　ほんとによかったですよね。

古井　こんなことがあるんですね。手術が終わって、自分の両手両足が動くかどうか、これが一番気にかかるところです。

江藤　ほんとね。

古井　手術室の控室で目をさました時、何を言われたか、何と呼びかけられたか覚えはないんです。ただ、蟬が細い枝につかまっているような体感を覚えたんですよ。それで、手足が動くと自分で確信したらしいんです。それでもうすっかり眠ってしまって、目を覚ましたら、手術後のレントゲンを撮りにきたらしい。病室で撮れるレントゲンです。それからまた眠って、しばらくしたらその結果が出た。お医者さんが興奮しているんですよ。これはよっぽどうまくいったんだろうなと、まあ自分の身の上だからそう思いますわ。でも、しばらくしてよくなって、まさかプロがそんなことで興奮するわけがないと思ったら、例の私の友人の奥さんである看護婦さんが、手術直後、担当医に尋ねてくれたそうです。やっぱり興奮していたそうです。

江藤　うまくいった……。

古井　そうなんです。頸椎のある部分をすっぽり取ってしまって、腰から骨を切り取って埋めるんです。それがすぽっとはまったそうです。

江藤　はあ、すごいなあ。

古井　考えてみれば、前から切りますから、食道と気管があって、それをようよう押し退けて切り取る。もう一方、腰から補塡材を切り取るのは別な人でしょう。なかなかすぽっとはまるものではなかろうと思うのです。それを聞いた時には、どうも悪運が強そうだと思いました。

江藤　それはすごいや。いや、僕も整形外科というのは骨のお医者さんだというのは、自分が患者になって初めて悟ったんだけれども、ちょうどバイオプシーという生体検査というやつ、これをやっている時に……いや、その前だ。血管造影の時だ。痛みが醸成されてきた部位に、造影剤を入れるでしょう。そのとき、ああ、ここが痛いんだ、こういうふうに痛いんだってことがあらためて感覚できた。それで、それを医者に言ったんですよ。初めて痛いところに手が届いたって。
　そうしたら医者はきょとんとしているのね。それはどういうことですかって言うから、ちょうど時系列的に痛くなっていったところをなぞるように、いま薬が入っていったという感じがしたと言ったんですね。
　それから、骨を削られる検査のほうですが、痛いところへくると、麻酔剤を流し込みながら削るわけですね。そうすると、なんだ、これは歯医者じゃないかと。歯も骨の一種だ。要するに壮大な歯医者をやっているんだなと思ったけれども、それだけは言わなかった。

古井　骨の病気というのは、痛みとしては感覚的なものですが、だけど認識としては視覚的なんですね。

江藤　そうなんです。

古井　これが明快で爽快と言えばいいのか、情けないと言えばいいのか、患者にとっては。

江藤　そうそう。しかし骨がすぽっと嵌まったというのはすごいですね。いや、今なぜ歯医者の連想をしたかといいますと、結局、入れ歯がすぽっと入った。上手な歯医者が造った入れ歯みたいになったわけですね。その場合、素材とするのはご自分の違った場所の骨だけれど、そうじゃなきゃ親和しないからだめなんでしょうけれどもね。

古井　私も、個人としても作家としても、視覚的なものより聴覚的なもの、空間的なものよりは時間的なものを重んずるという立場でずっときたわけですよ。その報いかどうか（笑）。

江藤　ああ、そうか。

古井　これだけ視覚的で空間的な、少なくとも認識の上では、こういう病に苦しめられるとは、夢にも思ってなかったですわ。

江藤　でも、初期の作品は、視覚的というか、空間的なイメージも非常に印象的だけれどもね。そうですかね、ほんとに。

古井　その点ではわれながら滑稽でした。

痛みを描写する

江藤　ただ、古井さんの時はお医者さんが始めから明確に、何がどう悪いかを把握しておられた。僕みたいに……これはしかし医者を責めているつもりは全然ないので、そういう可能性があった場合に、悪い可能性から検証していくというのは、科学的な態度としては当然ですから、余分な痛い思いをさせられたとは少しも思ってないんですよ。ただ周りの雰囲気がなんとなく緊張してくるんだけれどもね。そこで当然、私も文士の端くれだから、どっちかというとこれは悪いほうの可能性が大きい、というふうにみんな見ているぞということは認識しているんだけれども、当人がどういうものか死ぬって気がしないんですね。

古井　この感覚はあるんでしょうね。

江藤　あるんだろうと思うのですよ。

古井　あると思います。

江藤　僕はあると思うのですよ。それで、その感覚が出てこないというのは、俺はきっと悪くないのじゃないか。悪いんだけれども、つまり決定的に悪いんじゃなくて、治る病気じゃないか。もしそうじゃないとすれば、この辺で何か見えてくるか、あるいは聞こえてくるか、どっちかしないとおかしいぞと。

古井　私もそう思ってました、実は。

江藤　でしょう。それはありそうですね。ところが何にも啓示がないんですよ。あっちのほうからくるやつが。通信が途絶しているんですよ。僕は若い頃、体が弱くて、結核を何度もやりましてね、大学生の時にやったのは喀血を伴ったりして、そのまま死んじゃうとも思わないけれども、血の吐き方が悪いと詰まるから、別に結核がそれほど悪くなくたって、それで窒息して死んじゃうということもある。だからその頃はなんとなく向こう側と少し通じかけているぞという感覚があったものですよ。

しかも不眠症になっちゃって、当時の粗野な睡眠剤を飲むと、眠りが深くなるのは結構なんだけれども、体力がないからバランスが崩れちゃうというようなこともありましてね。そういう時は、少し通底し始めているな、という感覚があったんですが、そこまで至らないんですよ。あの時と違うぞと。病気で寝かされて、動きがとれないということは似ているが、向こうとつながっているというのが、どうも出てこないんですね。だからこれはちょっと違うのじゃないかと思った。

古井　私も病因がはっきりするまで二ヵ月かかっているんです、症状が出ましてから。あとから思い返すと相当由々しい症状なんです。もう駅の階段を手すりを使ってしか上り下りできないんです。逆に、そういう状態になってもまだ駅を歩いていたということですが。それから手にも不随感がある。やがて腰にもくる。これはもうおそらく脳を疑うべきところなんですね。そういう不安感はありました。その不安感をしのいだり、折り合うためにもいろいろ辛抱しました。しかしあとから思い出すと、悲観的になったことは一度もない。これはよほど愚鈍なのか、よほど自己欺瞞が上手なのか、でもそこまで愚鈍であれば聖人ですよね。

江藤　それはそうですよ。

古井　そこまで自己欺瞞が上手なら賢人ですね。

江藤　そうそう。

古井　どう見てもどちらでもないんで、これはまだ死ぬ人間じゃないなと思いました。

江藤　いや、僕も自己欺瞞じゃないかという点は、ずいぶん自己検証したですよ。ほかにすることがないから。こういうふうにおひゃらかして逃げているのかなと。だけど、これはもの書きならみんなそうだろうけれど、それから逃げることだけはすまいと。もし逃げちゃったら、もう百年目だと。とにかく自分の病気だろうが、いやなことだろうが、それに直面することに、生き甲斐を見出すというのが、われわれの生業の基礎じゃないかと思い暮らしてきた人間が、ここへきて巧妙な自己欺瞞で逃げ出しちゃったのかな。それだったらずいぶん不甲斐ない男だ、お前は、という感じを何度も持ちつつ、なんとなく心配そうな医者の顔とか、看護婦の顔とかを思い比べて、俺はよほど能天気なのかなと思ったりもしたですよ、ほんとに。

古井　まあそれでも、いろいろ思い出しましてね、私も少年時代の大病からたいした病気をしたこともない、健康には恵まれていた。だからいざ健康をおかされた時には、さぞやだらしないだろうなという思いと留保でもって人生ずっとやってきたんです。今でももっとひどい病気になるかもしれませんから、その思いは一緒なんですけれど、今度の病気を思い返して、三つの場面だけは自分をほめてやりたい。診断が出る直前と、診断が出た時と、手術の直前。

これはもちろん脅えていました。悟っているわけじゃない。しかし脅えながらも、悟らずながらも、まあ仮にも平静を楽しんで、戸外を見て季節が分かったと。この季節感は悪くないなと感じた。この自分だけはほめてやろうと思っています。

江藤　なるほどね。いや、僕は病気はすれっからしだから、あんまりそんなにはっきりは分からないんだけれどもね。そうだなあ……。

古井　まあそれほど意識したかどうかは、後から見ると分からないけれど、追い込まれた時に人間は意識を体で担うんですね、全身で。全身が落ち着いているかどうかというようなことでしょうね。

江藤　そうなんでしょうね。僕は医者に言われて、ああそうかと思ったのは、描写するんですね、痛みや病状をですね。それは患者からあまり医者が聞いたことのないことだったらしく、とくに若い医者が非常に面白がった。ここはこうで、こういう感じだとか、そう言っちゃあなたは怒るかもしれないが、痛いところにやっと手が届いたとかいうと、面白いことを言いますねって感心していた。

やはり職業的に三十五、六年ものを書いて来て、小説家ほど描写力はないかも知れないけれど、それでもやっぱり多少は描写する。なるほど、そういう患者は数はそれほど多くないでしょうね。

古井　私の場合は、描写によってこっちの病状の情報を向こうに伝える前に、メカをあまりにもはっきり知らされてしまったので、病気のメカを。もう何を言っても医者に迷惑をかけるだけじゃないかてんで、黙り込みました。ここの土管が詰まっているというようなことですから、早い話が。

江藤　そうか。そこがもっぱら物理的というのと、化学的なものが入るところの違いなんですね。つまり抗生剤を入れて、どういうふうに効いていくかという時にも、もう一回血管造影をなぞるような感じがあるんですよ。この薬に替えたけれども、どうですかと聞かれると、いや、これこれしかじかです、と言う時にやっぱり描写するんですね。そうすると、なるほどねって言って、なにやらカルテに書いているんですよ。だから体が意識になるとも言えるし、それから何というのか、むしろ僕がつくづく思ったのは、意思が通じないものが体なんだなあと。

古井　ああ、そうですね。

江藤　どんなに自分の美学に合ったようにコントロールしようと思っても、まず靴下が履けなくなるとか、顔が洗えなくなるということですね。それからふだんそんなものがあるということを意識してない腰というようなものが、磐石のように痛みを伴って存在しているということの不思議さですね。

　これに対して三十年、四十年、自己鍛練してきたはずの人間が全く触れることができないという ね……。

古井　それが一つと、もう一つ逆に戻しまして、あるところまで意思が利いてしまうという怖さも知りました。

江藤　ある、ある。それはありますね。

古井　あとから振り返ればとても意思では克服できないように思われることをやってます。

江藤　うん、やってる、やってる。

古井　それで、いわゆる発病を遅らせているんです。

江藤　その通りです。発病を遅らせるというか、発病しているにもかかわらず、自己診断でこれはちょっとした変調にすぎないと思い込んでいる。

古井　あるいはにっちもさっちもいかなくなる時を遅らせているんです。これは医療のほうではよくないことなんです。

江藤　そうですね。

古井　だけど、また病気になったらまたそれをやると思うのですね。

江藤　それはやるでしょうね。まあそうなんですね。だけれど、私は検査に入ってからは完全に自己放棄ですね。おっしゃる通り、お医者さんが診て、自己診断したってこっちは素人なんだから、自分の骨がどうなっているのか分かりはしないんで、向こうがいろいろ医者としての経験と技術を駆使してやってくれることに従う以外にない、これでいかないとだめだと。

それから、検査したら引っ繰り返っちゃうのもあるかもしれないけれども、検査すれば正体が分かるんだと言われたものはやってもらう。はい、はいと言って全部やってもらう。ただ、その時は自分の眼で見えるものはよく見ておくのですね。骨を削ってころころとやっているのが見えるのは面白かったですよ、非常に。

　どうでしたかと言うから、いや、面白かったと言ったら、変な顔をしていたけれどもね。

日本近代小説の異様な客観性

古井　意思の事柄と、それから自分の体に対する認識の事柄がありますよね。病気してみると、自分の体のことは見えないものだな、いくらでもごまかすものだなという感想が一つには強いけれども、もう一つ、見えているというところもあるんですね。
江藤　そういうところもありますね。
古井　私はたまたま連作をしてまして、やや私小説的な、リアルタイムに沿った部分があったんです。これを病気で中断して、退院後に完結して、全体のゲラが出てくる。手入れしていると、知らない人が読んだら、この作者は自分の病気の進行を何から何まで見抜いて書いているのではないかというくらい、実に的確に自分の病気の兆候を表現しているんです。これでよく平気でいられたと、本人があとから呆れ返るぐらいです。

古井　ああ、まだ病気になる前に書いたところが。

江藤　あとから病状として意識されたことが、その前の夏あたりから出ているのをその時その時、なかなかしっかりと捉えているんです。捉えて表現しているにもかかわらず本人は意識してないんですよ。

古井　まだ病気というカテゴリーに入れてないわけですね。けれど、自分の体の変調というのか、過敏になったり鈍感になったりするところについて書いておられる……。

江藤　そうなんです。

古井　それはさすがだな。

江藤　しかもけっこう客観的なんです。

古井　いや、そうでしょうね。だからこれはいったい何なんだろうと思うんだけれどもね。近代文学の一つのくせなんでしょうかね。けっこう客観的に捉えちゃうんですね。医者みたいなんです。まるで医者みたいに捉えちゃう。ただ、医者じゃないし、これは病気だと思ってないから、思わず書いちゃうのでしょう。だけどけっこう客観的に、かつ医学的にも正確に書いている、というふうになってしまうんでしょうね。

江藤　そうですね。これだけの客観というのは、私も昔、そういうことを評論で書いたことがあるんですけれども、これだけの客観は病気じゃないか、分裂じゃないかと。

江藤　それは本当に大事なポイントじゃないですか。またそれだけの客観というのはどうなんだろう。僕はこの頃、文芸時評をやってないから、毎月の若い人の小説を全部読んでいるわけじゃありませんけれどね。この客観尊重は、あるいは古井さんぐらいか、もうちょっと下のゼネレーションぐらいまでの、病といえば病だし、強味といえば強味でもあったのではないか。要するにそれこそ文学の背骨であって、それ以後、雲散霧消しつつあるものじゃないかという気もしないではないですね。

古井　そうかもしれませんね。

江藤　だけれど、これは病かもしれないけれども、とにかくそれだけの客観に立とうとする。そして長年の習練で立ってしまいもするということは、やっぱり一種の岩盤のようなもので、その上に日本の近代文学が載っている、と思いたいですね。

古井　私が近代の日本の小説の異様な客観性を最初に意識したのは、大正末から昭和初めの私小説においてなんです。

江藤　おっしゃる通り。

古井　私小説というのは情念のものだと、とかく言う人はいますけれども、よく読んでいると驚くべき客観性がある。あの客観性は、すばらしいと言ってしまえばそれまでだけれども、これほどまでに人は客観的でいいのか、これは病じゃないか、分裂じゃないかと思われるところがありまして。

江藤　ほんとにね。それは私にとっても年来の課題なんですね。つまりそれは自分に対して客観的になることによって、あるいはどこかに逃避しているのかもしれないんだけれども、一応、客観的になってみるという立場と、それから、いや、むしろ情に流れるほうがいいんだという立場があるでしょう。そうすると、それはたとえば俳句でいえば子規と虚子であり、大正小説でいえば志賀直哉と里見弴であり、というふうに僕の頭の中では仕分けられているわけですよ。

じゃリアリズムというのは、本当に恐ろしいような客観を達成することなのか、それをそれとして抱合しつつ、情もあるという立場に立つものなのかというと、未だによく分からない。

古井　分かりませんね。こんな仮説をちょっと立てたことがあるんですけれども、情に追い込まれて客観的になるということもあるんでしょうね。

江藤　あります、あります。二律背反では必ずしもないんです、これは。

古井　客観的なところに追い込まれて、もう一つの自分という情念が出てくるというところもありますね。その循環で成り立っているのではないでしょうか。

江藤　そうそう。情というのは一種の意欲でしょう。だからたとえば、これは死病ではないはずだというものがそれを支えるんですよ。その恐ろしいような客観性を、おそらく古井さんの場合、生きようとする意欲が支えているはずなんですよ。

私の場合、医者がなるほど面白いことを言いますねと言っている時の描写に、ユーモアが籠もっているのか、籠もっていないのかという問題がある。ユーモアを籠めなかったら、文学にならないわけでしょう。

古井　そうです。

江藤　それが籠もるか、籠もらないか、どういうふうに医者がとったのか。医者も読者だと思えばね。本来なら文章に書いて示すべきところを、寝たっきりだから、口で描写して、それをお医者さんがカルテに書いている。向こうは医学的に翻訳して聞いているんでしょうけれども、医者でもあり、同時に一個の人間でもある。あるメッセージを聞いていて、ある反応をしている。その反応には医学的な反応も当然含まれているけれども、それだけではないはずだと思う。

古井　それだけではないですね。

江藤　その辺の問題ですな。

古井　そうなんです。医者も描写する。けど、こっちの受け取り方で描写が変わってきますね、はっきり。

江藤　そうなんです。こっちはなるべくこっちの領分に誘い込んで描写させようとする。そうすると分かるからね。あんまり医学的に正確に言われたって、何のことを言っているかわかりはしない。英語とドイツ語と日本語を混ぜてしゃべられても困っちゃうからね。

古井　医者も何らかの表現者なんです。

江藤　そうですね。表現者でなければならんのでしょうね、臨床医というものは。

古井　これがまた僕らと違って、相手次第の表現者ですね。

江藤　そうそう。

古井　相手がどういう態度をとるか、どれぐらい表現を共有するかで、ずいぶんに言葉が変わってくる。これだけはさすがに作家の端くれでしょうか。これは楽しんでました。

江藤　そうですね。それはね。大正から昭和の初めにかけてというのは客観尊重の問題なんだな。僕がその辺で未だにひっかかっていて、本当にどれだけ偉いのかよく分からないのは志賀直哉なんですよ。

志賀直哉は、『暗夜行路』の書き出しなんていうと、ものすごく感心するんだけれども、なんでこれが一時……今は志賀直哉も過去の人になっちゃったようなところがあるけれども、小説の神様になっちゃったのはいったいなぜなんだろうということは、批評家を始めて以来、未だに僕にはよく分からないことなんですね。

つまりこんなふうに正確でいいんだろうかというか、この正確さというものは、何に支えられているのか、僕にはよく分からないところがある。僕の欠陥かもしれないけれども。しかし志賀直哉が一つの極点であるような美学があり、それから作家態度もあって、それが日本文学のバックボーンであった時代はついこの間までずーっと続いていた。おそらく古井さんまで来ているはずです、それは。

古井　志賀直哉ということに関しては、私は少年時代、芥川龍之介をずいぶん読んだんです。

江藤　それは誰でも読みますね、少年時代は。

古井　そのときひっかかったことなんですが、芥川龍之介があれだけ無条件に志賀直哉に降参した、一半の理由は分かります。しかし芥川龍之介は肉体感覚の繊細さでもっているような作家ですね。そうすると、志賀直哉の肉体感覚をどう思ったのか、どうであるからして、あの文章の強さを賛美したのか分からない。少年時代分からなかったように未だに分からない。

江藤　ああ、そうか。それは僕も分からないんだ。芥川が志賀直哉にシャッポを脱いじゃったのは、単に志賀直哉が丈夫だったからではないですか。あらゆる意味でね。圧倒的に丈夫だったんだと思う。芥川は体の弱い人で、羸弱（るいじゃく）な人ですから、まいった、これはかなわないという、舞の海がいくらすがりついていっても、小錦に跳ね飛ばされちゃうような感じを持ったのじゃないかと思うんだけれどね。

古井　芥川龍之介は、まだ元気な頃の佐藤春夫に関しては、佐藤君は丈夫すぎて僕の言っていることは分からないだろうと、皮肉の一つも言えたんだけれども、志賀直哉にはどうして言えなかったんでしょうね。

江藤　佐藤春夫はわりあい早く脳溢血になっちゃった。だからほんとは丈夫じゃなかったんですよ。佐藤春夫の文学も不思議な文学だものな。
古井　そうですね。まだ誰も言い当ててないような……。
江藤　ほんとうに。
古井　それに私、作家になってから佐藤春夫の文章を読むのがつらくて。体の調子が狂っちゃうんですよ。
江藤　そうでしょう。あれはどういうんだろうな。リズムがないような変な文章でね、『田園の憂鬱』なんていうのは。
古井　そうですね。コブコブがたくさんあって。
江藤　そうそう。僕は佐藤春夫をまともに読んで、まともに論じたのは、ちょうどアメリカから帰ってきた直後、昭和四十年の春だったと思うのですけれどもね。そのすぐあとに山川方夫が死んじゃったので覚えているんだけれども、昭和四十年の二月一日じゃなかったかな。新宿の紀伊國屋ホールで、三田文学会の講演会があったんですよ。その時に僕は『田園の憂鬱』を……佐藤春夫にちなんだものだったのか、「三田文学」にちなんで佐藤春夫を取り上げたのか、速記があるのかないのか、僕はその時かなり大事なことをしゃべったと思っているのですけれども、記録がどこにもないんです。その時、ただ一回まともにしゃべったんだけれども、本当にあれは変な文章ですよ。

古井　変な文章ですね。変なというのでは表現にならないんですけれども。
江藤　ああいう作家というのはいるもので、佐藤さんの場合には、その後の歴史が、戦争があったり、その立場がどうだったりということがあり、それもまた、「おーい中村君」まで行って、門弟三千人と号した芥川賞の選考委員で何とかでという、そんな時代もあったのかというふうになっているでしょう。だけれど、大正時代の天才少年という意味では、大江健三郎だよね、一種の。
古井　そうですね。
江藤　ということは、逆にいうと大江健三郎は現代の佐藤春夫か、ということになるわけだ。
古井　大江健三郎と中上健次のものを持っていますね。
江藤　中上君は故郷が同じところですから、そういう体質的なものを加味すれば、中上君は当然入りますが、足して二で割るというか、あるいは両方を兼ね備えているというかね。

病気中に読む漱石

古井　病気中、手術前には体は弱っていくけれど、暇はひさびさにある、手術後には苦しがりながらもだんだん体力が余ってくる。それでものを読む。作家のものだけは読みたくないという気持ちが強かったんだけれども、やっぱり読んでいるんです。

江藤　何を読まれたのですか。

古井　漱石の随筆なら大丈夫だと思ったら、これは小説以上に……。

江藤　うん、重い重い。

古井　重いし、小説的な不安定があるんですね。それと、これは皮肉というのか、体が不自由ですから、家族が交代で泊まりにくる。ある日、下の娘が朝になって帰ったあとひょいと見たら、文庫本を一冊忘れている。これが芥川龍之介なんですよ。あると手にとって読む悪いくせがありましてね。ついつい読んでしまって、そうするとそういう状態ですから、この文章はどういう肉体感覚から出てくるか、そのことに相当敏感になるんです。それなりにたいしたものだとは思うんですね。

だけど、その肉体感覚の表現が、たいしたものではあるけれども、病人にとっては辛いなということがあるわけですよね。こんな陰惨なことを書いているけれども、病人にとっては楽だなという場合もあります。

江藤　それはありますね。

古井　だけど、一番悩んだのは、それぞれが変な文章といえばみんな変な文章なんです。その変な文章の変な程度がつかめるような一尺度として、散文の典型が近代にあったらどんなに楽だろうな。病中でも往生できたろうなと。ないものねだりですけれども。漱石ですらいろいろな変なところがありますね。

江藤　もちろんそうですよ。いや、私はたまたま『漱石とその時代・第三部』(「新潮」)という漱石の伝記を再開して八回目まで書いたところで入院しちゃったわけで、初めは欲を出して、これから第九回、十回と書いていくのだから漱石の作品を持っていって、それをゆっくり読み直そう、検査の時にはどうせ結果がわかる前は漱石でも読んでいればいいだろう、漱石を持っていくんだったら虚子も持っていこうというので、何冊か済生会に持っていって、ついに手を触れなかった。

ついに手を触れないというのには、当然理由があります。やっぱりこれはむずかしいのじゃないか、いや、炎症じゃないかと、医者や看護婦が首を傾げたり、そこらを走り回ったりしている時に、漱石といえども読んで救われるとは思われない。それでなにを読んだかといったら、僕はペンギンブックスに入っているC・S・フォレスターの「ホーンブロアー」というイギリスの大衆小説で、「のらくろ」みたいなんですけれども、ナポレオン戦争時代の海軍士官が出てきて、いろんな冒険をして、手に汗を握るような話ばかりなんです。それでだんだん出世をして、ついにロード・ホーンブロアーといって偉くなっちゃうんですけれども、それを昔、愛読したのを三、四冊、一緒に持っていった。

気障みたいだけど、英語の大衆小説を読んでいると、全然肉体感覚に関与してこない。

全く英語という文字記号の世界の約束事で動いていて、話は帆船の海軍ですからね。それが危ない目にあったりなんかするという話で、必ず助かるわけだから、それをやっていると痛みを忘れるわけですよ。それこそしばしの逃避ですよね。完全なあるパターンの中に安住できるという逃避、これはできるんだけれど、漱石はとても読めないですね。「坊っちゃん」はひょっとすると違うかも知れないけれども。

それから、これはどういうことになるか分からないんだけれども、慶応病院で、これはもう病気の正体がわかって療養している時に、高橋昌男君が見舞いに来てくれましてね、江藤さん、むずかしいものなんか読んではだめだよ、こういう時は少し頭を休めて疲れをとらないとだめだと、彼は非常にやさしく言ってくれて、藤沢周平の時代小説を持って来てくれた、文庫本で。これなら持っていても重くないからと。気をつかってね、たいへん友情に感謝したんだけれど、これが「ホーンブロアー」と同じなんですね。実に快いんです。ざっと切って、相手が倒れたりするでしょう。それは肉体感覚があるといえばあるんですけれども、大丈夫なんですね。不快でないんですよ。ああ、面白いな、藤沢周平さんというのは。奥付をみると、十三刷なんて書いてある。すごいな、売れるんだなあと思って、そんなことで、いかに文壇の一部しか知らなくて、こういう多くの読者を持っている時代小説の世界に暗かったかということを反省したりしていたんですがね。

古井　私も病気中、たぶんそうだろう、そういうものを読みさえすれば今の自分の肉体は苦しまないだろうと感じましたけれども、あえて自分に禁じたんです。

江藤　ああ、それはすごいや。

古井　それともう一つ想像したのは、古今東西のいわゆる古典に属するようなもの、これを読むとわりあい楽なんじゃないか。いわゆる個人的な肉体苦よりもう一つ上へ昇華しているから楽なんじゃないか。実際には読まないで思い返す読書ってありますよね。これが楽じゃないか。一番つらいのは日本の近代小説のいいものじゃないかと。

江藤　それはその通りだと思う。

古井　そうすると、どうも日本の近代小説のいいものほど、それとは語らないけれども、自身の肉体についていているのではないか。これだけ肉体にについちまうというのは、文学として罪悪じゃないかと思うぐらいついているのではないか。

たとえば漱石の随筆を読みまして、漱石というのは決して端正な人じゃない。ずいぶん杜撰で迂闊な言葉も文章も書きますし、非常に情緒的なおさえ方もする。そういうのを漱石の欠陥として感じていたわけです。ところがどうもレアリティはそっちにあるように病中は感じました。

たとえばたった四、五年前のことを、昔のことという言葉で表す。これが病中にはこたえるんですよね。

江藤　そうですよ。

古井　四年という長さ、昔……。
江藤　そうですよ。
古井　大塚楠緒子（くすおこ）が亡くなってから、『硝子戸の中』を書いたのは四年ぐらいしかたってない。これも昔の話になっている。
江藤　そうそう。それは鋭い。
古井　これが頭でかぞえる数字じゃなくて、病中の体のすごさなんです。うなされるんです。
江藤　そうですね。だから四年前でも昔になっちゃうし、四十年前でもつい昨日のことになるんですよ。病気の中で、病床に横たわっている人間の中に流れている時間というのは、そんなものですね。そんなに物理的に整合した時間じゃないですから。それは確かにそうです。
古井　そうですね。漱石という作家は、それがいちばん露呈している作家ですね。
江藤　そうかも知れない。
古井　だから健康なとき読むと迂闊さと感じられるところが、実は大事なところなんじゃないかと。
江藤　漱石は非常に病弱な人ですものね。漱石の中の時間を病弱さで見てとると、いろんな時間が同時に流れているのじゃないですか。非常に複雑な流れを秘めている川のようなものでない、どこかには淵があって淀んでいて、どこかにさーっと速く走る瀬があり、そうでもない、その中間みたいな流れもあり、というふうになっているんでしょうね。

古井　病人というのは、調子さえよければ三日、五日の時間だって楽に過ごすけれども、一時間が耐えられないことがありますでしょう。

江藤　本当にそうです。

古井　時間の濃密がたいそう複雑なわけです。

江藤　そうだと思います。なにしろ一方では胃潰瘍だしね。一方では神経症みたいな病気にしょっちゅう襲われているし、あれは文化でもあるんですね。漱石の老成の仕方というのは、三十九歳の時に、今だったらもう五十を越えた人のようなポーズというか、一つの態度が偽りなくはっきり出てくるようなところがあるんだけれども、同時にタカジアスターゼをしょっちゅう飲んでいるという作中人物に象徴されるような、はっきり割り切れない病識を常に持っていた人のようですね。

古井　そうですね。

ロマン派の音楽と肉体の有限性

江藤　それから、文学でもそうなんだけれど、これは若い頃、結核で寝ていた時もそう思ったんですけれども、音楽ね。これは十何年前、古井さんとお話しした時に、ロマン主義の話をしたんだけれども、ロマン派の音楽というのはほんとに体によくないですね、僕の場合は（笑）。

古井　僕も聴いてしまいました、このたび。まあむつかしいもんですね（笑）。

江藤　これはいかんのですよ（笑）。さっき病苦のフレーム・オブ・リファランスになるような近代散文が確立していたらなあとおっしゃったけれども、それと異様なる正確さとがどういうふうに結びつくのか、僕にも分からないんだけれど、去年はなにしろモーツァルトの記念の年で、やたらにモーツァルトをやっていたでしょう。

古井　やっていましたね。

江藤　ところが、近頃はモーツァルトをロマンチックに弾くんだな。

古井　そうですね。

江藤　それで僕はちっとも楽しくなかった。無限にしちゃうんですよ。モーツァルトの中にやたらに思いを込めて、モーツァルトがきちっと限定しているものを崩すようなモーツァルトが多すぎてね。

古井　今時、優れた演奏者はもう一度限定しているんですけれどもね。聴くほうがそういう幻想で聴いているものだから。

江藤　僕が結核の療養をしている時のモーツァルトは、未だにほんとのモーツァルトだったと思っているんですがね。古典主義的なモーツァルトで、したがって音楽が作り出す時空間が明確に限定されている。限定されているからこそ、精神の安寧を得られるというものがあった。

ところがベートーヴェンになると、無限に広がって行くものがあって、それが耐えられないんですよ。

古井　そうですね。

江藤　どうして病人に耐えられないかというと、自分は無限じゃない。病気をするということは、命に限界があるということを知らされることですね。かりに治って生きるにしてもね。理屈をいえば、だから無限の渇望のようなものがどこかにあると、卑しい、なまなまし過ぎると、こう思うのかもしれない。

それ以来ブラームス、ブルックナー、マーラーなんかになってくると、もうちょっと鳴ったら切るという感じになりましてね。テレマンとかヴィヴァルディとかいうと安心して聴いていられる。

古井　そうですね。

江藤　ああ、同じ?

古井　私は物理的な病気なものだから、体力があったんでしょうか、やせ我慢してロマン派を聴きました。ショパン、メンデルスゾーン。で、怖いことをやっているんだなという、妙な評価が残ってしまった。

江藤　ショパンはちょっと許せるところがある。

古井　許せるところはありますけれども、ずいぶん怖いことをやってますね。あの音形。

江藤　一方で怖いことをやっている。ところがバッハに収斂していくようなところもあるでしょう。

古井　そうですね。あります。

江藤　だからそっちを強調しているような演奏を聴くと、ショパンはまあ許せるという気になるんですよ。ところが、メンデルスゾーンなんていうのはいけませんよ。ああいうものは一番いけないです（笑）。

古井　この春にはなぜだか、メンデルスゾーンの放送が多かったんですよ。それでけっこう聴いてしまいましてね。イタリア交響曲というのがありますね。あの第一楽章。健康で聴いていれば実に軽快で無邪気な曲ですよ。

ある日、朝のお天気のいい時に、それがたまたま流れていたわけですよ。こっちも体がだいぶよくなっていたから、まだ寝たきりでしたけど機嫌よく聴いていたんです。そうすると、若い看護婦が来て、あら、いいわねなんて言うんで、いや、いい日だねなんて答えていたんだけれども、退院してきてからその音楽を思い出すたびにうなされる。

江藤　うん、それはわかるな。

古井　僕も自分のことを音痴と日頃思っていました。病気になってみると、音楽の音の形、音形が肉体にじかに響いてくる。

江藤　そう、その通り。痛いところに手の届く音楽はだめなんです。痛いところから離れていてくれる音楽じゃなきゃ困るんですよ。だから、そこに僕がなにかあると思うのは、異様な正確さというものの中には無限の正確さがあるという仮説がどこかに籠もっている。だからリアリズムの裏側に必ずロマンチシズムがあるでしょう。

古井　あります。

江藤　このメカニズムというのは、若い時も頭では分かるんだと思います。概念的に西洋の文学史を読んでいれば、すぐ分かることです。ところが、いったん病気をしてみますと、概念ではなくて、肉体感覚のようなもので、つまりこの正確さ、志賀直哉の不可解な、しかし分かるような気がする、正確さへの魔というものがある。その魔とは無限に対する、無限に正確になり得るという、ある情念というか、意欲の現れで、それがちょっと耐えられないんですね。病人には耐えられない。

古井　病人の肉体は有限だということが、感覚的に常にあるわけですよ。

江藤　そうなんです。あらためて有限さを思い知らされた。

古井　だからどんな無限を提供されても、自分の肉体という有限をそこに置いて聴くものだから……。

江藤　そうなんです。嘘だと。
古井　死活問題なんですよ、はっきり言って。
江藤　だから嘘だ、こんなのは嘘だということになっちゃう。ブラームスも嘘です。メンデルスゾーンも嘘です。
だからあの渇望ですね。無限を許容するというか、無限に到達し得ると思わせるような渇望というものが、近代の芸術の裏にあって……。
古井　あるんですね。
江藤　それでこれは芸術というか、文学を逆に決定しちゃっている。
古井　そうですね。有限なものの歴史的基盤が非常に強い時には無限に向かって広げていくと、とてもきれいな音が出るんですね。
江藤　そうなんです。それがモーツァルトなんですよ。だから二管編成に限定して、あんまり大きい音を出さないで、テンポも変なふうに変えたりなんかしないで、ごく常識的なテンポで演奏していると、無限が見えるんです。
古井　そうですね。
江藤　それをなんか思い入れで、しかも音をいろいろカラフルにして、しかも録音再生をCDでやってみて、がーっとやると、なんだ、これは一体、ワーグナーかモーツァルトか分からないじゃないかってものになっちゃう。

古井　しかし西洋人にとっては、ワーグナーやメンデルスゾーンまでモーツァルトの域に入るんでしょうね。入るからああいうことが成り立った……。

江藤　入るとしてやっているんでしょうね。

古井　素朴な話、メンデルスゾーンを聴いて、西洋人というのはいったい自分はどうやって死ぬつもりでいるのだろうと考えましたよ。病人は考えることが素朴で極端なもので。

江藤　ああ、そうか。

古井　どんな気持ちで、どんな肉体感覚で死ぬと想像しているのか。これを快い音楽と思うのは。

江藤　そうそう。だからそれも近代なんですよ。

古井　近代なんですね。

江藤　モーツァルトの頃だったら、ザルツブルグの大司教に祝福されて、終油の秘蹟を受ければ死ねたわけでしょう。これは簡単なことで、限定されて、ちゃんと型があって、リチュアルがあって……。だけどメンデルスゾーンになってくると、ちょっとこれはむずかしいな。ほんとうに。メンデルスゾーンの人種的、宗教的な遍歴というようなことを別にしてもむずかしい。

古井　地元で演奏されている時には、近代以前の器（うつわ）によく支えられているのではないでしょうか。だから日本に来て初めて近代になってしまうのではないか。

江藤　おっしゃる通り。僕は一九六一年の夏にドイツの新聞情報庁というのから呼んでもらって、いちばん下っ端のみそっかすで、野村光一さんなんかとご一緒にドイツ・オーストリアに行ったんです。

それでザルツブルグに行きまして、モーツァルトの生まれた家で小林秀雄の『モオツァルト』の中に出てくるランゲの未完成の、俯いているモーツァルトの肖像画を見たのです。小林さんの本の口絵になっていたのはトリミングが上のほうになっている。何で俯いているのかよく分からない。カンバスがちゃんと塗ってないやつで、そうすると無限の解釈が可能なんですね。その前提の上で、小林さんは非常に美しい、あるイメージを描いているわけですよ。

ところがモーツァルトの生まれた家に行ってそれを見たら、何のことはない、下にクラビアが描いてある。その鍵盤を見ているだけなんですよ。それを断ち落とした絵を見て、そこへロマンチックな美しいイマジュリーが展開されて、小林さんの『モオツァルト』という作品の一つのクライマックスになっている。

それで私は、小林さんはもちろん健在だったし、そんなものをたまたま見たからといって、鬼の首をとったように書くのもいかがなものかとは思ったけれど、いやあ、これは違うなと思ったことは、僕にとっては大きかったから、ちょっとどこかに書いたんですよ。

そうしたら、高見順が、おい、江藤君、小林のやつは、なんだ、いろんなことを書きやがったけれど、そうだったのか、君が指摘したのはよかったよかったってね（笑）。

僕は高見順と喧嘩したところから文壇生活を始めた人間なんだけれど、高見さんにただ一回だけほめてもらった。

それでそのことを思い出した。今おっしゃった、その土地へ行って聴くと違うのじゃないか。全くそうなんですよ。

古井　そうですね。

江藤　やっぱりモーツァルトは、クラビアというもので限定された目の伏せ方をしているんですよ。それは実に大切なことだと思うのです。

古井　やっぱり十何年前のあとから、ちょうど話がつながってきましたね。

江藤　つながってきましたね。不思議なものだな。

ロマン主義について、ふたたび

古井　私も今度、ロマン派についていろいろ考えさせられました。私自身もドイツ・ロマン派なんかの影響を受けて出発したので、こんな素朴な疑念を抱いたのです。

江藤　ドイツ・ロマン派では、あなたは誰が一番入っていますか。

古井　ノヴァリスです。

江藤　ノヴァーリス、そうでしょうな。

古井　日本の近代文学、あるいは近代芸術は、文学のため、芸術のために狂うとか自殺するとかいう発想は確かに持っていた。実際に狂った人、あるいは自殺した人もいるけれども、しかしロマン派的な無限拡大のために、その代償として狂うとか自殺するとかいうことは、ほんとは知らないのじゃないかと。

江藤　日本人は。

古井　ええ。まだ。これから知るべきことじゃないかと思いました。

江藤　そうか、そうか。それは恐ろしい話だな。

古井　肉体的にどれだけ追い込まれるかという受け止め方はまだしてないのではないか。

江藤　してないですよ、それは。それはそうですよ。一般にロマン主義だけじゃないと思うのです。これは僕もついこの間、僕は「三田文学」に書いた『夏目漱石論』を、自分のものは滅多に読み返さないんだけれども、ひさしぶりに退屈しのぎみたいな感じで読み返していたら、そのなかでも言っていることなんだけれども、やっぱり「懐疑苦悶の亡霊」なんですね。

僕が、高見さんとやり合ったのは、江藤、お前は俺たちの営みを脚注だなんて言いやがって、無礼だろうと言うから、ちっとも無礼じゃありません、その通りじゃないですかってやり合ったんです。それはやっぱり脚注なので、なぜ脚注かというと、本当に無限に溺れて狂うというところまでやってないでしょう。

古井　そうですね。

江藤　非常に知的に処理しているわけでしょう、日本人はそこを。最近の、一九八〇年代におけるポストモダン文芸思潮でもいいや。フーコーでもデリダでも誰でもいいけれども、そういうものの受入れ方にしても、安全な知的な受け止め方で紹介しているだけです。昔だったら紹介するといったところを、パフォーマンスとしてまぶして出すというようなことは、みんななかなか器用にやっている。だけれど、じゃアルチュセールみたいなことを本当にやるかというと、そんなバカみたいなことをするやつはいないですよ、今の日本人には。

古井　そうです。

江藤　四九パーセントしか賭けてない。五一パーセントはちゃんと留保しているでしょう。それは小説家だって批評家だってみんなそうですよ。

古井　ところがこれからは、構えてそうしなくても、知りつつ死ぬ時代です。

江藤　そうそう。

古井　それから肉体が衰えても意識がずいぶん長く健在である。

江藤　逆にいうと、意識がなくなっても肉体だけずっと存続していたりね。

古井　その時にいろいろ自分がしょい込んだ文物を思うわけです。文物の中に自ずからロマン主義の骨格がある。これと追い込まれた肉体でもってもう一度、その素顔に直面しなければならないということになるのではないか。

江藤　それはそうかも知れない。

古井　僕も病中にそんなことを考えて、溜め息をつきましたよ。

江藤　そうでしょう。

古井　もうこの歳になってこの病気をして、もう一度やるのかって。

江藤　そうでしょう。いや、ほんとに入っているのはロマン主義しかないんですよ。一番深く入っているんですよ。それはマルクシズムだって何だってみんなその時代時代のトレンドに乗っかって入ってきているだけのことであって、文学という軸で切ってみると、近代思想の中で日本に一番それでも深く入っているのはロマン主義です。まさに坪内逍遙以来、今日に至るものはロマン主義なんです。そのロマン主義の文脈の上にいろいろな思想が象嵌されてベルトコンベアに乗っかって入ってきているというようなものですね。

だから根本に帰ってみると、じゃいったい近代というのは、今まだ続いているのか、それとも終わってしまったのか、だからこそこんな混迷が生じているのかということを考えてみると、じゃ近代が終わっちゃったら、われわれがひっかぶったロマン主義はなくなっちゃって、もうそれで解決されたかというと、決してそうではなくて、そういうふうにならないんですね、言葉の世界というのは。人間の肉体の世界もそうはならない。肉体ってものは、確かに医学的には意識のコントロールの利かない彼方にあるけれど、同時に意識に浸されてしか人間の肉体ではないという面も持っている。そういう両義性もはっきりとありますものね。

古井　はい。通常考えるごとき単純な肉体なら幸せなんだけれど、ロマン主義のごときまでインプットされているんですね。

江藤　そうです。

古井　これだけの病気になったら、そんなもん、もう縁がなくなるだろうと思ってたら、それにうなされるんですから。

江藤　縁はなくならない。

古井　それとももう一つ、あるいは近代もこれで崩壊して過ぎるのかもしれない。だけど、崩壊して過ぎる直前にそのものがもう一度煮詰まる。煮詰まって体験される、煮詰まって認識される、運命となって現れるという時期を必ず経なければいけない。じゃないと人間は文化の動物ではなくなってくる。

江藤　ほんとにそうだと思う。僕はさっき申し忘れたことが一つあって、「ホーンブロアー」と藤沢周平さんのほかに、『南総里見八犬伝』を全部読んだんですよ。「八犬伝」は小池藤五郎校訂版、岩波の十巻本で読んだ。これは「ホーンブロアー」を読むようにも、藤沢周平を読むようにも読めるんですね。十巻本の一番最後にくっついている馬琴の私を語っている部分だけは近代小説と同じで重ったるいんだけれど、「八犬伝」の本文を読んでいると、痛みや病苦を忘れさせてくれるものは確かにある。その意味ではロマン主義以前の江戸時代の、朱子学的自己限定を文字通り受け止めているという建前で書かれたものである以上、有限世界の中に収まるようなポーズで書かれていますから、その点は楽は楽なんですよ。とはいうものの、馬琴が死んで五年たったらペリーの黒船がきたんですから、ロマン主義が入る直前に書かれたということになる。馬琴は限定的な、自己回帰的な鎖国的な世界の終焉を完全に見抜いているんですね。建前は全部上に乗っけてある筈なんです。馬琴は実は筅からはみ出しているものばっかり見ている。つまり、ロマン主義が入ってくる前の、いわばウル・ロマン主義みたいなものがあるでしょう。江戸時代の秩序が確立される前にあったものを全部使わないと、秩序を成立せしめている価値観が成立しないんですよ。神道的、修験道的、仏教的……いろんなスーパーナチュラルなものを補っていかないと、朱子学的にものが動いて行かない。馬琴はこの矛盾をむしろ楽しんで書いているとしか思えない。

だから馬琴というのは恐ろしい存在で、それに比べると漱石はまだ若いなという感じがちょっとするんです。事実、馬琴はあの時代に八十以上まで生きた人でしょう。漱石は五十で死んじゃった人です。漱石は馬琴の再来だと言って、白鳥に罵倒されたけれど、白鳥はそういう点、一面においては正確に何かを捉えているなという感じがしました。馬琴についてはいずれまた書きたいと思っていますけれどね、ある時代が終わる時には、その前の時代以来の行きがかりがなにか走馬灯のようにうわーっと一斉に出てくるんです。

　僕は馬琴が怖いと思ったのは、ウル・ロマン主義が新しいロマン主義につつかれて出ているんじゃない、極めて自然発生的に出ているということです。

古井　おそらく朱子学というのは、儒学の伝統から見ると近代……。

江藤　うん、近代です。

古井　多分にロマン主義的な無限主義がある。

江藤　「理」というのはそうです。法律でいえば自然法的なね。限定のないもの。

古井　それをいわば倫理でつかねつかね、有限の中に閉じ込めて社会的に有効にしてきた。だけどそこにはもうロマン派的な無限性が内在するわけですね。つかねる力が弱くなった時に、もう西からこなくても、この国にあったものが……。

江藤　中から……。そうでしょう。そうだとしか思えないですね。

古井　もしかすると、漱石なんかもどっちにつこうかという分裂があったのじゃないかしら。

江藤　あったに違いない。だから漱石と直結するわけですよ。僕は馬琴というのはある意味で大変新しいと思いましたね。

古井　そうなんでしょうね。

江藤　今の状況にちょっとこう、明治以来今日までの文学史の過程を飛び越えてすぽんと入るようなものでね。
古井　健康な時にそれを言うと、それを評価するという感じになるけれども、病中だと、いや、怖いなと……。
江藤　そういうことになります。
古井　馬琴ですらそうなんだから……。
江藤　怖い怖いという感じになりますよ。面白いね。だけど、うまい具合に接合しましたね、この前の対談に。
古井　われわれは……江藤さんと一緒に自分のことをわれわれと言っちゃいけないけれども、もう一度苦労しなくちゃならないのでしょうね。
江藤　いや、苦労しなければならない、本当に。
　そういう点で、ごく素朴なことで、病気にくっつけていうと、僕はちょうど結核からの回復期に漱石をやり出して批評家になった人間で、いま漱石の伝記の後半を書き始めて病気になって、また回復して、連載を再開したばかりということになると、もう一度元の振出しに戻って考えなければいけないなと。
古井　そうすると、内国産にしろ、東漸してきたものにしろ、ロマン派をもう一度やり直さなければならないということになるんですかね。

江藤　なるんでしょうね、きっと。つまり病気によって把握したロマン派の構造のごときもの、つまり概念的でない、われわれの肉体に密着したところで捉えられているとしか言いようのないロマン派をどう料理するか。

古井　そうすると、もう一度、癲狂院とか自殺というのが出てくるわけですね。

江藤　出てくる、出てくる。だいたい病気はロマンチックじゃないけれど、ロマンチックなものを見る眼を触発したり、その正体を料理する引き金になったりもする。変なものですね。

古井　私たちが病気する前に先人が克服してくれていたらずいぶん楽だったんだけれども……。

江藤　ほんとにね。

（「海燕」一九九二年四月号）

漱石的時間の生命力

吉本隆明

吉本隆明（よしもと・たかあき）一九二四〜二〇一二
詩人、批評家。東京生まれ。東京工業大学卒業。一九五〇年代、私家版の詩集『固有時との対話』『転位のための十篇』で詩人として出発するかたわら、戦争体験の意味を自らに問い詰め文学者の戦争責任論・転向論を世に問う。六〇年安保闘争を経て六一年、雑誌「試行」を創刊。詩作、政治論、文芸評論、独自の表現論等、精力的に執筆活動を展開し「戦後思想界の巨人」と呼ばれる。八〇年代からは消費社会・高度資本主義の分析を手がけた。
主な著書に『言語にとって美とはなにか』『共同幻想論』『心的現象論序説』『最後の親鸞』『マス・イメージ論』『ハイ・イメージ論』『アフリカ的段階について』『夏目漱石を読む』（小林秀雄賞）『吉本隆明全詩集』（藤村記念歴程賞）などがある。
二〇一四年三月、『吉本隆明全集』全三八巻別巻一の刊行が始まった。生誕一〇〇年にあたる二〇二四年、『私の本はすぐに終る　吉本隆明詩集』（講談社文芸文庫）と『吉本隆明詩集』（岩波文庫）が刊行された。

古井　この国でものを書く人間は、ある年齢になると、パスポートを提示させられるようにして、漱石について話さなければならないようですね。まず芥川の齢を越える時にちょっとショックを受ける。それから、漱石の齢を越える時にうそ寒くなって、その後は人の年齢はどうでもよくなる、というような階梯を踏むようで。

吉本　古井さんは、漱石の作品のなかで何がいちばんお好きですか。

古井　私は『道草』です。短いものだと、『永日小品』です。

吉本　来ながら、江藤さんの『漱石論集』の『こころ』のところを読んできたんです。江藤さんは、簡単にいうと、『こころ』は漱石の最高の達成かもしれないということと、『こころ』と『道草』のあいだに何事かが起こって漱石は変貌し、変貌した漱石は『明暗』を未完のままで死んだ、というふうに書いているんです。『こころ』はどうでしょうか、作品として。

古井　私は、最近になって、ようやく高く評価しています。ここ十年ぐらいです。

吉本　ああ、そうですか。

僕は去年、一応おしゃべりするということで『こころ』と『道草』と『明暗』をちゃんと読んだんですけど、『こころ』は相変わらず、小説作品としての具象性といいましょうか、具象的なイメージからいうと、あんまりいい作品ではないのではないかなという感じがしてしようがないんですよ。先生と私は、いちばんはじめのところで、鎌倉の海岸で会いますね。どうも二人とも、泳いで楽しそうに遊ぶっていうような柄じゃないっていうか、そういうふうにちっとも思えなくて、ずいぶん抽象的な気がします。作品としても結局、「先生と遺書」まで来て――どの章を先に書いたのかわかりませんけど――友だちのKを同じ下宿に住まわせる、というような形になり、下宿の娘さんをはさんでいろいろやりとりがあるところへ来てはじめて、小説らしくなったなという感じを持つんですけど、どうですか。

古井　漱石という人は、思いのほか、書きたいことをずけずけ書いていく人ではないようです。読者に対するサービス精神がある。あれこれ楽しませながら作品の中に導きたいという、まあ、教育者的な配慮があって、それで、どの作品も回り道をしているんじゃないでしょうか。『明暗』あたりになるともう、そういう堪え性はだいぶ消えている。『道草』では何分にも自分の生い立ちを書こうとするから、回り道もへったくれもないわけで、そのほかの小説には、ずいぶん前置きが多いですね。人によっては回り道の部分のほうが面白いという人もいますし。

吉本　江藤さんもちょっと触れておられますけど、Kという沈鬱な友だちが、下宿の娘さんとの恋愛で、先生に出し抜かれて自殺してしまいますね。出し抜かれたということがなくても、自殺しそうな気配はちゃんと描かれているような気がするんですよ。

古井　私も、数年前に読んだ時には、これはやっぱり自殺者と自殺者の話じゃないか、二十数年へだてた二人の自殺者という視点で読んだほうがよいのではないかと思いました。同じように死への傾斜をもつ二人の人間のシーソーゲームじゃないか、というふうに読んだんです。なぜ先生はKを自分の下宿に連れてきたか。親切心とは読めるけれども、あるいは何かの恐れがあって連れてきたんじゃないか。Kに対する恐怖は、むずかしい関係になる前から書かれていますね。前々から先生はKを気味悪く思っていた。

吉本　一種独特の気味悪さと、畏敬心がもともとあって、そういう友だちだったと受け取れるわけです。僕はすぐに、パラノイア、同性愛、嫉妬妄想という、フロイトの三題噺みたいな論法と解釈が思い浮かんできて、どうしても逃れられないわけですけどね。つまり、本当は先生とKとは同性愛的な親和力があって、きっかけとしては下宿の娘さんを先生が出し抜いて獲得してしまって、それがわかった後で、先生が弁明しようと思いながら出来ないうちに自殺したことになっています。それが漱石の解釈でもあり、描き方でもあるわけでしょうけども、僕は、本当は先生と下宿の娘さんとが一緒になることが承認されたという、つまり、下宿の奥さんに認められたということをKが知り、同性愛的な感じを切断されたことが自殺の動機じゃないか、フロイトならばそういうふうに解釈するだろうなと思うんです。小説の読み方としては邪道なんでしょうけれども、僕はそういう解釈のしかたのほうがいいんじゃないかなと思います。漱石はそこのところが無意識だったんじゃないかと思えるんです。それはたぶん漱石自身が、広い意味でいえば同性愛的な人だったからです。つまり、男であろうと女であろうと、みんなホモジーニアスに見えるという、そういう人間認識。そこがいちばんポイントになるんじゃないですか。『こころ』の先生が感ずる罪の意識というのはいったい何なんだという場合に、やっぱりKに対する同性愛的な親和力から、どうして下宿の娘さんのほうに切り換えたかについて、十分Kを納得させられなかったことが先生の罪の意識なんじゃないか。そういうふうな解釈をどんどん押し進めていけば、フロイトの考え方に忠実な解釈ということになりそうな気がするんですけどね。

古井　まず、先生とKに共通の特性がある。主要な登場人物、葛藤するはずの登場人物が似ているというのは、これは小説としては非常に不利です。確かに漱石は人を等質的に見る癖があって、古典的な小説には不利な作家だと思うんです。現代小説だったらもっと楽だったんじゃないですか。Kと先生にはどうしても強い共通性がある。それは何か、それをどう言いあてるか、とそういう気持ちで読んで、一応僕なりの言葉で、自分自身を限りなく追い込んでいく資質、これが共通だと思いました。程度の差はある。先生のほうはまだしもいろいろなものを介在させている。Kよりはまだしも安定している。だから、二人の関係は、先生がKのそのような禍々しい資質を保護するという関係から始まる。しかし先生のなかにも自分を追い込んで死に至らしめる傾きがあるので、自分よりも一段と濃い傾向をもつKには、ずっと恐れを感じていた。

それから後は、こういうからみになります。自分が女性を密かに思っていたら、Kも実はその女性を思っている。しかも告白において先を越されてしまった。そうすると、自分は聞き手になってしまうわけです。第三者の聞き手になるということは、すでに相当後ろめたい状態です。しかも、助言と批判を求められる。求められた時に、それだけでも大層具合の悪い立場に立たされる。しかし嫉妬もおのずとはたらいて、ここを先途と弱った相手を叩く。そこまでは、こういう関係の一方の当事者の惑乱として、あることです。その先なんです。覚悟があるとKが口走った時、これは両者の関係からすると、先生はだいたい真意を感じとってもいいはずのところを、逆に、生のほうへ突っ走る覚悟、つまり恋に向かって突っ走る覚悟ととった。それで、今度は自分が先手を打つ。その時におもしろいのは、その間、Kのことを忘れているんですね。下宿の奥さんに娘さんとの結婚を申し出て、承諾された。それから興奮をさますために街を歩き回るんですが、その間もKの存在を忘れている。そして、下宿の奥さんから、実はKさんに話したと言われた時にも、まだピンとこない。これは何か。普通はエゴイズムととっているようだけど、そうじゃなくて、同じ傾斜をもつ人間の、一方がいよいよ死のほうに傾いた時、力学的な関係のように、もう一方は生のほうに逃走するんじゃないか。エゴイズムとはちょっと違って、この生への逃走をやってしまったんじゃないか、と僕は思ったんです。そうしますと、一人の人間の死によって、生のほうに逃げた人間の、人生が浮かんでくる。何十年後の自殺というのはそんなに不自然ではありません。持ち越された自殺ととってもいいのではないか。そういう見方をしました。

吉本　なるほど。

古井　今では、またちょっと関心のポイントが違いまして、知る・知らないということに対する、漱石のこだわり方が気になります。罪という問題から離れて。濃厚に知をはらむ無知がありますね。それから無知も同然の知があります。この入り組みに関心をもっています。『こころ』という作品は、非常に濃厚に知をはらむ無知を、知そのものと後にとるよりほかなかった、という出来事じゃないかと思っています。これでもっと細部を読んでみたいなという気はありますね。

『こころ』は漱石の資質の内のドラマ

吉本　実際問題として、この小説が抽象的といいますか、具象性に欠けているんじゃないかと思えるひとつは、仮に同じような場面に、人間だれでもが当面した場合、もし素因がなければ、『こころ』の先生のように、職業にも就かないし積極的に生きることもしないしという、得体の知れない暮らし方をするところまで自分を追い込んで、その後に自殺することは、普通、考えられそうもないような気がします。ただ、『道草』と『こころ』とを陽画と陰画みたいに重ねて読めば、『道草』のほうに過剰に、自伝的な要素や、さまざまな日常的な煩わしさ、わずらいというものも描いているから、『こころ』のほうには抽象的な——片一方を実生活的な自伝とすれば、片一方は心の自伝だというふうに、なんとなくわかるような気もするんですけれども。

古井　異質な人間どうしの関係を描くのが小説だとしたら、この小説は確かに具象性に乏しいし、先生の前歴もちょっと説得力が弱い。けれど漱石の資質の内のドラマだとすると、別な具象性がいろいろ出てきておもしろいんじゃないかと思うんです。

吉本　『こころ』という作品が、今でも漱石の作品の中でいちばん読まれるそうですけれども、どうしてなのか、僕は、本当はよくわかりません。

古井　私は口調じゃないかと思います。なんとなく懐かしい口調なんですね。朗読してみるとわかるんですけど。内容は難しいにもかかわらず、あの口調だと、頭のなかにすんなり入ってきます。なんだかよくよくわかった気がする、これが秘訣じゃないでしょうか。

吉本　なるほど。

古井　私がまだ少年のころに、ラジオで和田信賢が『こころ』を朗読したんです。淡々と読んでいるんだけど、非常に調子のいいものでした。子供でもわかったような気持ちで聴いていました。その口調はどこから来るのかというのが、またひとつ不思議なところです。

吉本　うーん。

古井　『明暗』なんかは朗読したら、これはたいへんですね。

吉本　ああ、そういうことなのかなあ。

古井　だれかが音韻から分析すると理由のわかることかもしれません。

吉本　そうですね。

古井　漱石の小説の中ではもっともよく整った、日本人の耳に慣れた語り口だと思うんです。それが人気の秘訣じゃないでしょうか。それともうひとつ、『こころ』という表題からも来るように、やっぱり真面目さのイメージでしょうね。読む人はすでに真面目さは失われたというふうに読むわけですよね。真面目な人間の、真面目な苦悩、に対する郷愁もあると思います。

吉本　『こころ』は、市川崑が監督で、映画になったことがあるんですよ。

古井　難しいでしょう。

吉本　三橋達也がKになっていたと思うんですけど。三橋達也の演技としてはいちばん鮮やかで、沈鬱そのものの役柄をとてもよく演じていて、感心したのを憶えています。ただ、『こころ』を映画化しても、やっぱり映像につくるのは難しいですから、けっしていい映画とは思いませんでしたけど、とにかく真面目さと沈鬱さが、なかなかよく出ている映画だったんですけどね。いまの若い人でも、自分たちはとうていなくしてしまった真面目さ……つまり恋愛で死ぬの生きるのっていうあり方は、まったく皆無に近いと思うんですけど、やっぱり原形的なものですかね。

古井　どうなんでしょうね。ちょっといまの時代となると、私も確信はありませんけれども、少なくとも私の少年時代まではありました。しかし、少年として、この作品に対する反感も強かったのです。

この小説は、だいたいドラマにするのは難しい。というのは、先生が、知らぬこととはいいながら、はじめからKのすべてを知っているんです。Kもどうやら、先生のあの行為に関する限り、すべてを知っている。両方とも完全に知り合える共通の資質があると、内面のドラマにはなっても外面のドラマとしてはずいぶん難しいんじゃないですか。

吉本　なるほど。

古井　内面のドラマであるものだから、お嬢さんの存在が浮きますね。Kとの葛藤の間はまだいいんだけど、後の話として、奥さんになって長年暮らしていて、ご亭主の中にどういうわだかまりがあるかわからないとしても、しかし何かわだかまりがあるというのはきちんと感じている。すると、思い当たるのはやはりKのことでしょう、ほかになんにもないんですから。普通の物語だと、連れ合いがそれに感づいていることによって、先生の罪悪意識、遅れてきた自殺衝動は、おのずから変質を受けてくるはずなんです。そこのところで、この女性の存在が浮いているのは、普通の小説としたら大きな欠陥になるんでしょうね。内面のドラマとしても、ちょっとこれだけは取り込みきれなかったんじゃないでしょうか。

吉本　僕は、この先生の奥さんは、たぶん漱石がわりに好きなタイプの女性なんじゃないかなっていう気がするんですよ。たとえば、『それから』でも三千代という女性がいるんですけど、いろんなことわかっているんだけどどこかで控えめだという描き方で、代助の姉さんのほうが、あり得べき、わかりやすく描かれた女性なんだけど、三千代というのは、どこかで影が薄いといったらおかしいんでしょうが、とても消極的な、控えめなという性格をもっていて、『行人』の兄嫁さんも僕のイメージだとやっぱりそういうふうになるんです。多少は積極性があっても、なんとなくどこかで影が薄いといいましょうか、あるところ以上は踏み込んでいかない女性が、もしかすると漱石の好みだったのかなという感じもするんです。つまり、私と先生がいろいろ話していると、隣の部屋にいて、相当たいへんな話といいますか、きわどい話が出てくるんだけど、向こうの部屋で聞いている。

聞いているんだけど、そんなに介入してこない。また結婚してからは、先生が何かを思っているにきまっているんだということがあっても、私が嫌いなのかという言葉はちゃんと出てくるんだけど、それがなんなんだという問いはあまり出てこないんですね。存外、漱石の理想のタイプの女性というのはこういうのかなっていう感じもするんです。

古井　『明暗』の女性たちに比べると、歴然としますね。『明暗』の女性たちは、揃いも揃って、詮索癖が強い。最後に出てくる清子というのは、まあ、大して書かれていないからどういう人物かまだわかりませんけど、あの口調からすると、この人もかなり詮索癖が強いんじゃないか。無知の影に脅えるというか、何も知らないということに不安を感じる。それが漱石の実際の体験でしょう。で、その対照的な影なんじゃないでしょうか、『こころ』のこの女性は。影だけに、どうしてもちょっと薄いところがある。

吉本　薄いですよね。

古井　もし、知る・知らないという問題を、この奥さんを含めて書いたとしたら、おそらく夫婦の葛藤が地になって、過去のことがその間に挿入されるかたちになりますよね。しかしそれをやったら、限りのない話でしょう。そのへんの物足りなさから『明暗』が書継がれたんじゃないかなという気もちょっとしますけど。ほんとうにやると、とてもすごい話になってしまうわけでして。

吉本　そういうことと対応すると思うんですけど、きわめて常識的に考えますと、たとえばKから自分は娘さんが好きなんだ、見かけ上は好きだっていう素振りを示してないけれど、好きなんだというふうに告白された時に、普通の考え方だったら、いや、俺も好きなんだっていうでしょう（笑）。それじゃあ、どっちがうまくゆくか、競争しようじゃないかっていうのが普通のような気がするんです。そうじゃないこともあり得ると思いますが。でも、そこで言いそびれたことが最後まで、自殺するまでついてまわることは、まずないような気がするんですけどね。つまり、言いそびれたということを漱石は作品のなかでは重要な要素にしているわけだと思うんです。なぜ、言いそびれたということがそうなるのかというと、先生の奥さんがどうしても影のようにしか描けないということと対応するような気がするんです。またそれは、もしかすると漱石にとって相当重要なことなのかなという気もするんですけど。『道草』の中でも、たとえば島田という養父がお金をせびりに来たり、関係を求めたりして、最後にはそういう関係を切りはらって、ああ、清々したということになるわけなんだけど、清々したのは奥さんのほうだけで、健三のほうは、世の中にこれで全部終わっちゃうとか、解決しちゃうなんていうことは、ひとつもないんだ、みたいなせりふを言いますね。世の中になにひとつ完全に解決するということはないんだ、という考え方が漱石の根底にはあります。『こころ』の場合でも、単に言いそびれたとか、どっちが先だったとか、そういうことがどうして重大なものとして作品のモチーフになるんでしょうか。漱石という人は興味深い人だなと思いますね。

古井　そうですね。仮に言いそびれたとしても、それを境にして、自分のほうに欲望があるんだから、エゴイズムがしんねりと強化され、強化されたエゴイズムの振る舞いがまず出てくる。漱石はそのように書いているけど、それにしては少し脆すぎる。私はやっぱり、言いそびれさせたものは恐怖なんじゃないかと思うんです。そうでなくても、Kの、自分自身を追い詰める資質に対して恐怖を抱いていた。まして同じ女性を恋するとなると、これはライバルでしょう。ライバルだけに直感が走る。嫉妬とか以前に、これは危ないと。それと同時に、自分の中の同じ資質を誘発されて、ここでまともに争ったら、両者ともに同じ方向へ傾いていくんじゃないかという恐怖はあったんじゃないでしょうか。その後は、エゴイズムの表れとしても読むけど、僕としては生きるほうへの逃走ととります。とにかく取るものもとりあえず、義理も人情もへったくれもなく、生きるほうに逃げた。Kが覚悟といったのを、お嬢さんに突進する覚悟ととったのも、Kまで含めて生の領域に引きずり込もうという感覚です。Kまでも生の領域に引き込んで死を排除しているわけです。それを、無知の罪という形で収めているけれども、この無知というのが知以上の知だったんではないか。そんなふうに読んでいますけど。

　もうひとつ漱石の資質として、江藤さんの論文を読んでいて、我が意を得たと思ったことがひとつあるんです。漱石は『漾虚集』の中で、江藤さんも指摘するように、小説的な展開があり得ないような小説をあえて書いています。それも、どこまで行っても展開する

はずのないことを、展開しようのない素材のなかに押し込めて、非常に熱心に書いていま
す。その筋を辿って、江藤さんは、『こころ』まで説明したんですよ。『こころ』がその筋
の極致ということじゃないかというのです、江藤さんのお考えは。それから、『道草』に
なるとちょっと違うと。

私も同感でした。吉本さんの言葉を借りれば、等質的な自己の内面が投影された舞台と
いう、小説としては不利なところに、小説的な展開のごとき動きを与える。これが漱石の
苦労であり、腕前だった。その極致が『こころ』なんじゃないか。あるいは、いわゆる小
説的な展開がほんとうには不可能である代償として、小説的な展開を思わせる口調をここ
に実現したんじゃないか、とそんなふうに思うんです。

小林秀雄世代との差違

吉本　小林秀雄の世代の人たちは、漱石の作品を高等講談だというふうに、ある意味で馬
鹿にしたと思うんです。馬鹿にした要素というのは、たぶん二つあって、ひとつは、『こ
ころ』『行人』『それから』いずれもそうですけれども、なにか作品の中にある一種の倫理
性みたいのが、そんなに上等じゃないという見方をしたんだと思うんです。その上等じゃ
ないというのは何かといったら、小林秀雄の世代でいえば、ランボーとかボードレールと

かと比較すると、ちょっと冗談じゃないぞという。つまり、漱石の作品にある倫理的なモチーフは、全部野暮天だといいましょうか、野暮な倫理だと読めたということがあると思います。

もうひとつは、これは古井さんに聞かないといけないけれども、要するに、小説としてそんなにうまくない、あるいは欠陥が多いとかというふうに見えたっていうことがあると思うんです。僕は、漱石の小説のモチーフになっている野暮な倫理の極致がこの『こころ』だっていうふうな気がするんですね。『それから』から始まって、二人の仲のいい友達が一人の女性をめぐって三角関係になるテーマに固執してきた、その倫理の野暮さかげんというのがここで極まった。それで、もしかすると、小説としての出来ばえを、『道草』や『明暗』というのが小説らしい小説だというふうに解するとすれば、これは欠陥の多い作品だ、というふうになるかもしれないと思います。それが『こころ』で極まったと、読めないことはないと思うんです。

漱石の固執した野暮な倫理というのは、これはわからないですけれども、一種の永遠のテーマがその中に含まれていて、その野暮さかげんが、たとえば小林秀雄の世代にはよく受け取れなかったということがあるのかなという気もします。また、フランス文学とイギリス文学との違いというのはあるんだよ、というようなことかもしれない。なにか、そこのところが今になって若い人たちに、いちばん野暮の骨頂な倫理、つまり自分たちはけっして具体的、現実的にはやりそうもないような関係が描かれているのに、『こころ』がいちばん読まれるということになっているのかなという感じがするんですけどね。

まあ、小説って何なんだというのはよくわからないですけど、漱石にとって小説っていうのは、つまり、講演なんかを読むと、やっぱり訴えるべき道義というのが文学の作品のどこかに究極にあるんだみたいなことをおしゃべりしていると思うんです。その道義というのは、『こころ』のなかで極まっている。もしこれ以外の道義というのがあるとすれば、つまり社会倫理というか、社会的な道義というか、政治的な道義というか、それ以外にないということになってしまうので、やはりここに根本的な道義はあるんじゃないかなということを感じるんですけどね。つまり総じて、そこのところで固執しているような気がするんですけどね。

古井　私はこう考えるのです。高等講談ということも当たっているし、野暮天倫理、これも当たっている。しかしそれは、何のためのものか。おそらく漱石の原点、本当に表現したいものは、実は小説的展開にふさわしくないものだ。しかしそれをなんとか展開しようとする時の助けとして、一方で高等講談的な話術、他方では野暮天倫理の構造、これを動員したんじゃないか。漱石の原点は、吉本さんが資質という言葉を使ってくださったんで非常に助かるんだけど、資質の業でしょう。資質の業があまりにも深いと、これは小説の展開にふさわしくない。どうしても一色になりますからね。そのハンディを背負って小説を書いてきた人ではないかと。

小説的な展開は、漱石にとっては当然の義務でした。けれども、小説的な展開というのが成就した期間は、文学史上短かったんじゃないでしょうか。せいぜい十九世紀。それ以前の、十八世紀的な色彩の非常に強いゲーテの小説にしても、それ以降の二十世紀のジョイスの小説にしても、いわゆる小林さんたちが求めたところの小説的展開からずいぶんずれたものです。漱石がそういう原材料、原題を抱え込んで、もしも近世的な、あるいは現代的な手法というものが許されたら、もっと楽に表現出来たのではないか。ところが、とにかく小説時代の渦中の人だし、また、近代日本小説のパイオニアの一人ですからね。小説らしい小説を書かなければならないということが義務となっている。しかも、新聞社である役割を果たしているんですから、ずいぶん無理をしていますよ。相当無理に小説の形をつくるんで、下手なところは出る。けれど、無理してつくっているだけに、窮地をしのぐのは非常にうまいですね。だから、うまさと下手なところが表裏になっているような作家じゃないか。その極致が『こころ』で、江藤さんが『道草』に至って何か変わったというのはその辺じゃないかと私は思っています。

『道草』は自分の生い立ちのことを書くために、ある程度、客観的な距離を最初から定めているので、わりあい小説らしい構図は出来ていると思うんです。『明暗』にまで行きますと、これは漱石の分身ではない何人もの人物を出している。けれども、実はここでもう一度、漱石は自分の業のなかに陥っています。この人物たちが、やっぱりお互いに似ているんです。その偏執、マニアックなところとか、知らないということを恐れるところとか。それから、知っているということが、あまりにもそれにこだわるものだから、かえって知らないも同然になるという、共通の傾向を、主人公を含めて女性たちも等しくもっている。その堂々巡りからどうしても抜けられないうちに作者の体力が尽きた。そんなふうに思っていますけど。

吉本　『明暗』で、たぶんはじめて描いたんでしょうけど、女性同士の葛藤の描き方は、たいへん見事ですね。

古井　そうですね。非常に見事なんだけど、見ていますと、両者がお互いについてどれだけ知っていて、どれだけ知らないかが、揺らぎやすいですね。知らないということと知るということが、それぞれ意味をもちかねるところがありますね。

吉本　そうですか。

古井　これはけっして書き手として神の立場に立った故ではなく、漱石の資質の反映じゃないか。何人もの人物に同じように反映してしまって。『明暗』も、小説としては最後まで離陸出来なかった、長い長い助走の小説だと私は思っています。『道草』には、妙な印象があるんですよ。小説というのは、資質の業の深みのほうから行くと、なかなか小説的な展開や人物の多様性を得るのは難しい。その業は、フィクション度が強い小説にかえって濃厚に表れ、私小説的なほうについて、フィクション度を薄くすると、かえって自分の業を抑えられるという妙な現象があるんです。日本の私小説で筆の冴えが見えるのは、そのせいかなとも思われるのです。

吉本　なるほど。僕は最近、写真家の人がこういうことを言うのを聞いたんです。ヨーロッパとかアメリカとかのファッション雑誌を見ると、こんな恰好がよく出来るもんだ、というか、不可能のような恰好をして、べつにファッションを見せるものとしてこんな恰好する必要はないのにな、というような、とてもきびしくて、可能性のないような恰好をさせているのがあるんです。写真家の人は、日本ではこういう写真は撮れないんだと言うんです。どうしてかといえば、写真家とモデルとの関係がなあなあだから、こんなことしろって言うことも出来ないし、しろといったって、なぜするのかを通じさせることも出来ない。要するに、ふだんなあなあで通用する恰好しかさせられないんだ、という説明を写真家の人がするんです。『道草』でも『明暗』でもそうですけど、『道草』の場合には私小説的、『明暗』の場合にはモデルはモデルというふうにしているんですけど、そういうことにかかわりなく、漱石は無理な姿勢をわりあいにうまくやっているような気がするんです。たとえば『道草』でいうと、奥さんがお産をするところがありますね。産婆さんが間に合わないで慌ててというところの描写なんかは、主題としては私小説そのものなんでしょうけれども、あれは相当無理なといいますか、非常にきびしい姿勢をさせて描いています。漱石というのはたいへんな人だなあというふうに思うところです。

古井　そうですね。無理が極まって、同じ小説作家としてこれをいったいどうしていくつもりかって心配になる時、実に鮮やかにそれをしのぎますね。

吉本　しのぎますね。

古井　そういうところでは、最高にうまい作家だと思いますね。

吉本　『こころ』の場合でも、最後に先生を明治天皇の大葬のときに乃木大将が自殺するということと結びつけて、自分は明治に対して殉死するんだということにもってゆきますね。それはたいへん無理なような気がするんですけど、無理でも強引にやっちゃって、なんとかかんとか終わりにしちゃっているという感じがするんです。先生の動機はどういうふうに考えたって、明治の終わりとも何とも結びつきようがないんじゃないかと思えるんですけど、最後にはそうやってしまっている。相当無理じゃないかなと思うことを、漱石は時としてやってしまいますね。

古井　やりますね。腕前ということがひとつと、それから漱石の小説というのは一般に読者をだいぶ苦しめますけど、一方で、あんまり読者を苦しめまいとするような配慮も強い。あそこで、明治天皇と乃木将軍を出したというのは、当時の読者をずいぶんいたわることになるんじゃないかしら。

吉本　ああ、『こころ』という作品は、大正三年ですね。

漱石と藤村にとっての一神教

古井　僕は、漱石という人がもしキリスト教圏に生まれていたら、存分に自分の思想をほじくれたんじゃないかと思っていますけど。唯一の神が人を罰しもし救いもするという、一神教という存在の中にあったら、もっとあの資質は救われるんじゃないか。つまり、儒教や老荘の思想は、人がとにかく自分ひとりで立たなきゃいけないわけです。漱石は、本当は自分ひとりでは立てないような、そういう資質の人じゃなかったのかと思う。一神教的な思想だったら、神に救いを求めるとか、神の罰を受ける、そういう方向に走れたんじゃないか、そんなふうに思います。荒っぽい例だけど、ドストエフスキーがあれだけ自分の業のなかに突っ込めたのも、やっぱり一神教の世界だったせいじゃないか、と思えるのです。僕は五十過ぎに読んで、漱石という人の気韻、あるいは業の質みたいなものは、むしろキリスト教臭いものがあるという感じがしました。たとえば『明暗』の時期に書いていた漢詩です。修善寺時代に書いた漢詩は、漢詩として安定している。精神状態も情念も、詩の限りで非常な透明度がある。ところが『明暗』時代に書いた漢詩は、最初のうちは安定しているんですけど、だんだん死が迫ってくるにつれて、なんともいえない不調和、わからないところが出てきます。全体は安定して精神、情念ともにまとまっているように見えるけど、この一聯だけがちょっとおかしいという詩が多々あります。吉川幸次郎さんは、これはたぶん禅のほうから来るんだろうが、私は禅に詳しくないので、というふうに避けておられますけど、これは禅の知識とはちょっと違う、ある種の狂いとかマニーとかの突出ではないでしょうか。

吉本　すごいですね。晩年の詩は、いま古井さんが言われた、ある一行、ある二行というのが突出していて、その突出したところを引くと、朔太郎につながるものもあるんですね。これは漢詩じゃないぞ、という。

古井　そうなんです。突拍子もない聯が出てくるんです。

吉本　それは確かにそう思いますね。漱石という人は、本当に西欧の宗教的雰囲気とか倫理的な中にいたら、もう少し無理な写真を撮れる人というか、撮れたんだろうなと思いますね。

古井　漱石の『明暗』を読んでいますと、漱石という人には「則天去私」は無理だったと思うのです。これは天というものの秩序に、私が相応しなきゃいけないわけですね。そういう調和のなかに救いを待つ。大秩序にひとしい小秩序です。ところが漱石はそれの出来る人ではなかったと思うんです。常に狂いをはらんでいますから。したがって第一者のいる世界のほうが、自分の狂いを表現するにはよかったんじゃないかと思いますね。一神教の世界なら、野暮天倫理を持ち出す必要はなかったんじゃないか。

吉本　そうでしょうね。

古井　私は日本のなかでそれを感じるのは漱石と藤村です。二人とも同じように、文章についての日本特有のセンスからいうと、下手なところ、強引なところ、それにどうかすると偽善的なところが出るけど、それであってもやっぱり魅力はあるんですね。いわゆる小説の文章とすれば、秋声の文章のほうがずっと上手だと思います。だけど、いやだなあと思いながら引きずられていく強さが、漱石と藤村にはある。

吉本　藤村の『破戒』で、猪子蓮太郎が、自分は部落民だと告白するとかしないとかっていうことが、つまりこんなことはべつにどうってことないといえばどうってことないことなんだけれども、それがいつまでも作品を引っ張っていって、またそれが藤村の生涯の野暮だといえば野暮な倫理にもつながって、最後まで行ってしまう。最後といっても、太平洋戦争があって、藤村はその倫理から解放されて、違う倫理へ解消しちゃうんでしょうけど、それまでは、本当にそれを引きずっていきますね。あれは、やっぱり『こころ』の先生が、言いそびれたということをどこまでも引きずっていくというのによく似てますよね。

古井　そうですね。ただ、この二人の資質がちょっと方向が逆だというおもしろみがあると思うんです。藤村の場合は、自分の鬱のなかに果てしもなく沈んでいってしまって、世界も人もなくなってしまって、リアリティもなくなってしまうという恐怖がある。それが本領で、そこに藤村の資質もあり、リアリティもある。ところが漱石の場合は、妄想となり、偏執となり、突出してくるような、そういう資質じゃないか。これは方向が逆で、それで文章に色合いの違いが出てくるおもしろみだと思うんです。あんまり突出してしまって、そのお陰で人も世界もなくなるという危険もありますからね。

しかし、どうなんでしょう。漱石の『こころ』、それから藤村の『新生』、どちらも、小説を長年読み慣れた人間にとってはずいぶん抵抗のある小説であり文章であるけれども、大正、昭和の散文のひとつの規範になってしまったんじゃないでしょうか。これは大胆な言葉かもしれませんけど、いまとは比べものにはならない規模ではあるけれども、マスメディア時代の文章のはしりという面があるんじゃないでしょうか。日本の小説がやや先細り気味に守ってきた文章の良心からはずいぶんはずれるところがありますね。

吉本　うーん。

古井　むしろ、今のいわゆる世論というものを形成していく文体につながってくるんじゃないでしょうか。

吉本　それはとっても興味深いお考えで、本当にそうですよね。

古井　おそらく、あのへんの小説を境に、作者が想定する読者の数が違ってきたんじゃないでしょうか。円本が出る前ですけれども。そういうことに対して、漱石も藤村も鋭敏な人だったと思われるんです。

吉本　そうですね。

古井　だから、漱石、藤村の悪口を聞くと、一方では快感をおぼえながら、一方では二人に加担をしたくなる。

吉本　そうでしょうね。

たぶん漱石も藤村も、自分の資質をどんどん鋭敏に鋭敏に狭めて、先鋭に先鋭にともっていったら、両方とも生きちゃいられねえというところに行くはずの人なんだけど、何か、いま言われたように、それを開いてみせる一種の手品みたいのを、二人とも知ってて、それで生き永らえもしたんだと思えますね。両方ともそれはとてもうまいですね。たとえば漱石にしてみれば、一介の学者とはとても思えないというところがありますよね。それ以上に、開いてみせる手段といいましょうか、何かをもっている。腕力でもいいんですけど。藤村だって、本当は狭くすれば透谷みたいなところへ必ず行ってしまうんだというのがあったと思うんですけど、やっぱり開いちゃう。開いたために生き永らえちゃうっていうところがありますよね。

古井　ありますね。両方とも、一神教に強い親近性のある作家。『こころ』も『新生』も、その傾向の最たるものですね。おのずから一神教を要請する小説です。日本に流れ込んできた西洋の文体文脈は、これはちょっと言い方は荒涼としてくるけど、薄められた一神教でしょう。これが両者にとって、一神教へつながる妨げとなっている。ただ、一神教に行かなかったというところで広がりが出ているんじゃないでしょうか。

吉本　そうなんでしょうね。それがきっとなにかなんだと思う。漱石でも藤村でもそれがなにかなんだろうな。つまり新聞小説でやっちゃうみたいなことがあって、資質のどこかが開いていて、それは妥協というのとはちょっと違うんです。

古井　妥協とは違いますね。

吉本　違うんだけど、開く要素があるんですね。

古井　断念の闊達さみたいなものを、両方とも表していますね。

漱石的時間と現代

吉本　大正時代というのはよくわからないんだけれども、どこを中心に考えるのかといったら、一方では漱石と藤村ということになるし、一方では徳田秋声みたいなものになると思うんです。それがどういうふうに展開していくのかということが昭和に展開していくひとつの要素になるんだと思いますけど。藤村には出てこないけど、漱石は、変な人――『明暗』でいえば小林みたいな、漱石にとってはちょっと考えの外にある一種の社会思想みたいなものをもった、へんてこりんな男をちゃんと登場させてきますね。その登場のさせ方もとても興味深いですね。

古井　そうですね。

吉本　あれが、漱石が開いていく要素になっていくんだろうなという気がするんです。明治から大正へという過程をとてもよく漱石は踏んで、それに対して自分の位置というのを見定めよう、見定めようとしてきているような気がするんですけどね。

古井　興味深いことなんですけれども、漱石でも藤村でも秋声でも、人となったのは明治だから、明治の人ですね。ところが大正の文学という時に、自然に漱石と藤村が挙げられる。漱石などは大正時代を何年も生きていない。けれど、やっぱり大正の匂いがする。じゃあ、もうひとりの秋声はどうか。これは、明治期にある程度文学的完成を見て、昭和に再登場する時、『仮装人物』で、相当無理算段して、時代に登場しかけて、結局は元の本領に戻っている。その戻り方に昭和という時代が出るんですけど、しかし完全に元に戻っている。それにひきかえ漱石と藤村は明治の人でありながら、なんか大正を突き抜けたような人という気がします。おそらく文学のプロたちに評判悪いのもそのせいじゃないか。

吉本　そうでしょうね。

古井　小林さんなんかは、おそらく大正を呪っていたと思いますから。明治の人の癖に、明治の資質をこれだけもっている癖になんで大正風のものを書くんだ、そういうお気持ちはあったんじゃないでしょうか。

吉本　だから、別な意味でいうと、小林秀雄なんかは、たぶん一度も触れてないと思うんですけど、漱石に大まともにぶつかったら、もっと違う対応になっただろうなと思うんです。馬鹿にしたか敬遠したかわかりませんけども、触れないでいっちゃったから。秋声にも志賀直哉にも谷崎にも触れているけど、漱石とか藤村というのは触れてないですからね。

古井　そうですね。

吉本　晩年になっても柳田国男みたいなのには触れているんですけれども、ノータッチで過ぎてしまった。そこが小林秀雄の泣き所といえば泣き所のような気がしますけどね。やれなかったっていうことですね。

古井　アレルギーじゃないでしょうか。

吉本　アレルギーですかね。

古井　ただ、これだけ時代が隔たって、いまの文学者が漱石と藤村に生命を吹き込まないと、両者ともに非常に通俗的な教養小説として化石化してしまう恐れがありますね。ただ、さすがに両者ともその作品は生命を吹き込むことを誘うようなところがたくさんありますけれども。漱石のことは大層論じられているような印象を受けるけど、案外、江藤さんは孤軍奮闘だったんじゃないかしら。

吉本　そうでしょう。真正面からといえば、江藤さんがやっているということになるんでしょうね。これがどこへ行くのかっていうのは、まだよくわからないところがありますけど、少なくとも漱石の起源、漱石の発生というのを、江藤さんはやっているような気がしますけどね。

古井　秋声とか荷風とか谷崎とかいうのは、その時代その時代の文学者が、よく面倒見ているんですね。

吉本　手当てしているんですね。また、ある意味で、手当てしやすいところもあるんですね。

古井　そういうところもあります。ものを書く上で、参考になりますから。ところが、漱石と藤村に関しては、ちょっと文学外的な論じ方が多いんじゃないでしょうか。江藤さんの漱石追究も、最初にこれが小説といえるんだろうかっていう疑念を踏まえていると思います。そこがすぐれたところだと思います。で、なおかつ小説だと解き明かすところが。

吉本　そうですね。

古井　江藤さんのこのたびの漱石論は、これは小説としてすぐれているんだということと、これはほんとうは小説じゃないのだということが、諸刃の認識になっている。そういう苦しみがよく伝わってきました。

吉本　なぜ江藤さんが漱石に正面からぶつかって論じているかというと、これは、やっぱり漱石のなかに一種の、行われなかった経綸といいましょうか、国家倫理とか政治倫理とか社会倫理とか、そういうものがあって、それは文学や小説概念からはみ出してしまうものだ、ということが気になっている人なんだなという気がしますね。

古井　ええ。もうひとつ重ねていうと、メタフィジックになりきらなかった人だということもお考えになっているように感じ受けます。つまり本来現世ではどうしようも出来なかったある問題性を抱え込んでいた人だと江藤さんはご覧になったんじゃないかと、僕は見ます。

吉本　そうですね。僕は江藤さんの漱石論というのはどこへ行くのかなというのがとても興味深いというか、関心をもちますね。

古井　『こころ』と『道草』のあいだにどういう変質が起こったかということをもっとつぶさに解明なさってからだと思うんです。『道草』という作品は、一応、私事を書き、私事を書けば際限もなくなるからというので、距離を設けて、安定した小説になっています。けれども、安定しているだけに、その資質の気味悪さを露呈していますね。たとえば幼少期の新宿の内藤あたりの家のことを思い出す時、実につぶさに記憶されているのに、人がひとりも出てこないんですね。それから、吉本さんがおっしゃったように、いわゆる人物描写が、ほかの自然主義作家たちの平板さと違う、読者に向かってくるような妙な立体性がある。私はこれを、同じことなんですけど、別の表現でとらえております。つまり、漱石の人物は向こうから入りこんでくる。雪崩込んでくる。たとえば島田という人物が家に来て、非常にうまい描写だと思うんです。ああ、なるほど、こういう人物かなと思わせる。とくに洋燈のこわれたのを見ているところに、けちくさい律儀さが出ている。こういううまさは秋声にもあるけれど、しかしまるで質が違う。秋声の場合は、距離をとって、しげしげと見ている。ところがこの島田の描写は、著者のなかに雪崩込んでくる。そこに書き手の被害妄想的な傾向がずいぶん出ている。確かに迷惑な存在だから、主人公が被害妄想がかるのは、あの小説のなかでは当たり前なんだけど、それにしても、ギロリと書き手のほうを睨んでいるように雪崩込んでくる。

吉本　そうですね。『こころ』でいえば、出し抜いちゃったという先生の罪障感が最後まであるみたいに、『道草』で、島田老人というのの役割は、漱石の罪障感みたいなものとしてずっと横移動して作品の中にありますからね。この罪障感はたいへんなものだろうなと思います。

古井　『道草』の冒頭の場面で、根津権現に下る坂のところで島田と出会いますね。通り過ぎて振り向いたら、じっとこっちを見ていたという書き方。これは、普通の作家ならやりませんね。チラッと振り向いたらむこうもチラッと振り向いた、それで十分だと。でも、あれが漱石だと思うんです。あれ、映画にしたら相当どぎつい場面になりますね。

吉本　そうでしょうね。僕も今でもあそこのところを通るから、いつも思い浮かぶんですけど、あれはしょっぱなからたいへんな場面ですよね。

古井　たいへんなところですね。立ち止まって振り返ってじっと見ているんですから。それを現代にひきつけると、ああいう突出してくる感じ、あるいは書き手に雪崩込んでくるという、そういう力が今の文学にどうかという問題になってくるんですね。文章の感覚は、どちらかというと漱石とか藤村と反対の方向に展開している。それはそれなりの文学的な良識だったと思うんですけど、さて、ここに来て、描写からはみ出して突出してくるもの、雪崩込んでくるもの、これが今どれぐらいあるかどうか。ある意味じゃ、いまの小説のほうが漱石よりずっと上等ですよね。

吉本　去年読んだ時も感じたんですが、『道草』で、子供のときから留学して帰ってくるまでの間、主観的にいえば、漱石はみじめな体験をしたということなんでしょうけど、それがとてもよく出てきちゃってますね。べつに告白の形じゃないんですけど、詳細にそれを書いていますね。僕はその前まで、『硝子戸の中』というのが唯一、そういうエッセイかなと思っていたんだけど、よく読むと、あれは赤ん坊の時から体験したいやなことというのが相当よく出てきていますね。

古井　しかも、漱石が自分のここ何十年かをあたかも監獄ですごしたような気持ちだと書いている部分がありますね。刑期二十年くらい勤めて出てきた人のことが話題になって、自分もそんなような気がするっていう話ですけど、連れの青年には通じなかった。自分の生い立ちから青年期に至るまで、あるいは留学から帰ってくるまでの歳月が確かに出ているにもかかわらず、作者はそれを時間のない牢獄と思っている節も見える。それが妙なんですね。

吉本　けっして、私小説的な告白とは見えないんですけど、しかし書いてありますね。過去が自分を引っ張っているといいましょうか、自分の足を引っ張っているものみたいな感じも書いてます。英国留学中でも、お金がなくて、食べることが出来ないで、パンか何か……。

古井　サンドイッチでしたか。

吉本　そう、そう。

古井　傘をさして、雨の中……。

吉本　かじったとかね。

古井　あれは異常ですね。

吉本　そうですね。そういうこと書いてあるんですね。

古井　『道草』の特徴はもうひとつあるんだけど、あれだけのことを書きながら、時間的なパースペクティブを避ける。まるで唐紙をさっと開けるとすぐそこに過去があったという感じですね、どの過去も。

吉本　そうなんですよ。

古井　そういう生々しさがあります。

吉本　そのへんが、やっぱり綿々たる私小説にならないところなんでしょうね。

古井　そうですね。私小説というのは、読んでいて、十年なら十年、二十年なら二十年という歳月を作品のなかに感じたなという満足感が読者にあるわけですね。ところが、『道草』の場合、すべて現在なんです。その凄さがあると思うのです。それは、おそらく『こころ』のなかで、Kが自殺してから先生が自殺するまでの歳月の侵食が感じられないというのと一緒ですね。

吉本　そうなんでしょうね。

古井　しかし考えてみれば、ヨーロッパの小説にはそういうのが多いんじゃないでしょうか。いろいろ時間を辿っているようでも、パラノイア的な普遍性でぎっしり詰まっているというような。馬鹿言っちゃいけない、三十年ずっと同じことを考えているわけないだろう、というような感じの小説が。

吉本　なるほど。

古井　しかし、われわれいま小説を書いてて、自分のいまの自然な時間に棹さして小説が書けるような時とは思いません。先人のいろんな時間を調達しなければならない。漱石みたいな小説をどういうふうに生かすか、やっぱり大事な課題だと思います。秋声的な時間があるし、漱石的な時間がある。われわれの時間というのが、いまの音楽でいうミキサーみたいな、ああいう時間になってくるんですね。その時に、漱石の時間というのも非常に大事な材料になってきます。いまどき、小説の中で自然な歳月を欺くというのは、またひとつの文学的な偽善に堕することでもありますから。

（「新潮」一九九二年九月号）

「楽天」を生きる——平出 隆

平出隆（ひらいで・たかし）　一九五〇〜

詩人、散文家。福岡県生まれ。一橋大学社会学部卒業。大学在学中から詩と評論の発表をはじめる。七四年、書紀書林を設立し詩誌「書紀」や「書紀＝紀」を刊行。一九七〇年代の詩的ラディカリズムを担う。その後、出版社勤務や多摩美術大学教授を経て多摩美術大学名誉教授。アイオワ大学の客員詩人、ベルリン自由大学客員教授の経験も持つ。二〇一〇年、書物と郵便を融合させた《via wwalnuts 叢書》を創刊。近年は展覧会形式によっても詩を探究し、「言語と美術――平出隆と美術家たち」（DIC川村記念美術館、一八〜一九年）、「平出隆 最終講義＝展 Air Language program」（TAUアートテークギャラリー、二〇年）などがある。『胡桃の戦意のために』（芸術選奨文部大臣新人賞）『ベースボールの詩学』『左手日記例言』（読売文学賞詩歌俳句賞）『葉書でドナルド・エヴァンズに』『猫の客』（木山捷平文学賞）『ベルリンの瞬間』（JTB紀行文学大賞）『伊良子清白』（芸術選奨文部科学大臣賞、自身による装幀が二〇〇五年春にライプツィヒの国際ブックフェアで「世界でもっとも美しい本」候補）などの著書がある。

平出　最近は馬事公苑を走っていらっしゃるそうですが。

古井　周りをね。

平出　僕の家からもそう遠くないんです、自転車で十分ぐらいで。

古井　公苑の周囲が低い石垣で囲われていて、その外側の歩道を走っているんですけれど、全長一マイルぐらいですか。それに多少のアップ・ダウンがあります。まあ、病後の脚の血行障害を治すというより、血行を少しでも良く保つためにやっているんですけれど、だいたい四周ぐらい走るんです。それをまことにゆっくり、三十八分か九分ぐらいかけて。

平出　それは毎日ですか。

古井　毎日といっても、雨が降ったりお酒を飲みに出たりするから、三日に二日かな。それでも、ここ二月ぐらいのうちに、タイムを六分ぐらい縮めてますよ。

平出　ああ、六分もですか。

古井　まあ、病人の回復期ですからね。

平出　しかし、平常の体力でも、ちょっと続けると自然に行きますよね、タイムは。それと回復期ということと、二つあるでしょう。

古井　あるのでしょうね。六千メートルぐらい走って五、六分タイムが違うと、もう別人みたいなものでしょう。面白いもんです。

平出　自分で驚くぐらいの時がある。

古井　ありますね。走るというテーマで小説を書きたいぐらいなもんですよ。面白いものです、人間の走るということは。そっちの方の話になると、果てしなくなりそうで。

平出　ただ、こんど本になった『楽天記』の中に、北見のばんえい競馬の話があり、そこではいわゆる馬が走るというイメージではない走りがありますね。一トン以上の荷をひきずってゆるゆる走る。

古井　あれは全力疾走にまで至らないんですよ。馬がのべつ止まっているんですから。ほんと人がゆるゆる走って伴走できるくらい。

平出　あのシーンがひとつ、最後まで読み終わって、塊として、もう一度甦ってくるというところがありましたね。やはり肉体のイメージというのはなかなか、人間を的にした時には結びにくいんですけども、それと反照し合う形で、あの馬が見えてくるなという感じがしたんです。

古井　なにか物理的なコレスポンダンスみたいなのが起こるのかしら。しかし、あのころには、私自身の身体はもう悪かったはずなんですよ。本人は何も知らずにけっこう予言しているんですよ。自分の肉体のいろいろな病兆らしきものを書いているんです。さすがに『楽天記』ですね、表題に偽りはなかった（笑）。

平出　このタイトルが、やはり一番曲者（くせもの）で。しまいには御自分でも感心してしまうというようなものでしょうけど。

古井　これは、連作ですから、最初に総タイトルをつける時には、まだ全体の構想なんてありゃしないんですよ。その時の心境みたいなもので自ずから形をとってくる言葉があるわけで、それで『楽天記』というのが出てきた。これはあんまり有利な表題じゃないなと思いました。

平出　とおっしゃいますと。

古井　この表題にふさわしいものを書けるかどうかと反省したらとんでもないことだとは思ったのだけど、表題というのは、何かの必然性があると、突拍子もない思いつきでも、もう変更がきかなくなるんです。人間しくじる時はそんなふうにしくじるんだろうなと思います。全体がほとんど見えてない、楽天も悲観もへったくれもないうちに『楽天記』とつけてしまったわけで。まあ、つけた以上は、言葉に対して義理を果たそうと、そういう律義さは長いものを書く時わりあいに大事でしてね。いろいろな混乱の中を縫っていく時に、何かの義理立てがないとどうにでもなっちまうというところがあるんですよ。まあ、この言葉には二年ぐらい付き合ってみようか、とそう思いました。

平出　ただ、長丁場、幾つかのところで踏み迷うような地点があるかと思うんですけど、そういう時に、義理というのでもない導かれ方というのがあるでしょう。『楽天記』というタイトルから導かれる、とりあえずは「楽天」というモチーフと手をつないで進んで行けば、何とか一寸先は照らしてくれるかというような。作家との結託や共謀、そういうものとしても、タイトルはもちろんあるんでしょうしね。

古井　そうですね。構想をだんだんに展開していく時に、楽天という観念がひとつのライト・モチーフになってくれるだろうということの他に、一回一回リアルタイムで私的な心境とか感想とか、あるいは卑近の出来事を取り込んでいこうということを最初から考えていた。そうすると、いろいろなことを楽天という視点で見る癖がつく。最初は、その楽天が人を死に追い込むという関心ね。つまり自分を死から引き返せないところまで追い込む、それほどまでに楽天というものは強いものだ。このことに関心をもちまして、悲観と楽観を交えて生きている人間が、いろいろな長い短い時間のレンジをとってみて、どういう境から楽天のほうに入り込んでいって、やがて破滅に至るか、そんなことを考えたのが最初なんです。まあ、心理学の知識を動員すれば解答は出ないでもないことだけど、それじゃ面白くない。あれこれ曲折をたどってみようと思っているうちに、自分の病気をたどることになり、しかも、何も知らずにいたんだから、これもまた『楽天記』もいいところで（笑）。

平出　面白さに凄まじさがついてきたわけですね（笑）。

古井　人間には防御反応というものがあり、この防御反応が効かなくなる境もまたある。人は生命の維持につとめているようだけど、どこかで生命の維持に肉体からして無関心になるところがある。肌にじかに迫る恐怖を恐怖とも感じなくなって前へ進んでいく。そういう時に楽天とは何か。楽天とは、本来、人を生きやすくするものなのであるけれど、もうひとつには、破滅への志向も含んだものなのか。そんな見方をすると、終末なんていうものもけっこう面白くたどれるんじゃないかと。

父系の循環、逆転という主題

平出　普通、楽天という言葉は、他を指差すような具合に使うんですが、ここではそれをひとつ裏返して、むしろ内側から楽天という天を眺め仰いでいく、みたいな感じですね。だから、指差して終らない。月刊誌での連載という形式で、こういう難題物の題のもとに、しかもストーリーを組み立てていくという形ではなくやっていくというのは、大変なことでしょう。となるとそこに、もちろん意識された楽天というものが、今度は作り手の作業として入ってきますね。

古井　入ってきます。

平出　人の破滅に至る手前の楽天というテーマと、それから書きついでいく作業におけるその意識的な取り込みと。この辺は、もちろんその両方を見定めてしか始まらないような始まりなんだけども、やはり、えい、やってしまえ、という気合いがあるんでしょうか。

古井　小説は、一人、人物をつくれば、少なくとも始められます。とくに、私小説的な形をとりますとね。で、主人公は調達した。しかし、一人の主人公で連作を一本書いてうまくいくと、私小説的な心境小説ものに完成しちゃうんですよね。そこで、もう一人、人物は必要だろう。もう一人登場させて、これで一篇しのぐ。その先は五里霧中なわけです。どうももう一人の人物を呼んでいるらしいけれど、その人物を登場させるのにひと山あります。もう一人の人物を登場させるのは大変なんですよ。大変なエネルギーと羞恥がいります。とにかく三人出てくれると、ひとまず安堵します。三人出ればさらに、また何人か人物を呼ぶんだけど、これを登場させるかどうか、また思案のしどころでね。一人の人物として登場させたり、半分ぐらいの影として登場させたりと、いろいろなやり方がある。まあ、自然に任せていこうとしたら、結局、人物としては三人止まりでした。とりあえず石を置く。どういう形象をつくるかぜんぜん見当がつかない。しかしとりあえず石を幾つか配置しておけば、自ずからあちこちで形をつくらなくてはならぬことになるだろう。そういうことで進めていくんです。

平出　いま三人とおっしゃったのは、もちろん柿原と奈倉と関屋青年でしょうけれども、その時、例えば木村という女性はそこに入ってこないわけですね。

古井　半分ですね。半人物ですね。

平出　半分は景色のほうになっているんですか？

古井　そうですね。

平出　あそこが一つの境目だろうと思うのは、普通——普通というと変ですが——物語にこしらえていくとなると、木村という女性を軸に使ってあやをつけていくような形になっていく。それをしない、あそこが分かれ目じゃないかなと思うんです。

古井　そうですね。あの辺が決断のしどころで、三人にとどめるか、それとも四人にするか、これで小説が大きく変わってくるのです。人物を表に出さずに裏に置いといて、人物としては半分ぐらいのものとしてなんらかの影響を及ぼさせる、そういうやり方をやってみようかと。最初に幻の息子が出てくるでしょう。この幻の息子が影の人物としてじつはかなり大きいわけです。以後、一度も出てこない人物で、夢でしかないんだけれど、いわゆる人物の気配を濃厚に含んでいます。後から出てくる人物たちがこの影の人物となんらかの関係に入るんですよ。幻の息子、すなわち影の人物が、あるいは主人公なのかもしれない。最初に夢の人物がいて何かを包括しているようなので、あとはそんなにいろいろな人物を出さなくても動いていくんじゃないか、という見込みがありました。

平出　幾つかのところでおぼろに出てきますね。父と息子と——孫ということもありますけれども——そういう父系をつないでいくところから見えてくるもの。いままでの作品の中でも、幾つかのしかたで変奏されてきたなと思い返しましたが。

古井　父が子であり、子が父でありという循環を小説の根っこに据える。これがどういう時間の動きを呼ぶか。ある程度独特な時間の動きは表現できたんじゃないかと思っているんです。

平出　それは、中世神秘家の言葉が出てくる、非常に観念的な部分でもそうでした。素材としても観念的だけれども、その取り扱いは、小説としては力業になっていかざるを得ないような部分ですね。僕なんかには、よく見えないなりに、父系の循環とか逆転といった主題はそこにこそ直接つながっていると見えるわけなんですが、読みどころはそのつながり方ですね。小説でなければという、あるいは文学でなければというような、非常に微妙なつなぎ方を幾つもやってらっしゃる。例えば呪文のような「マーゴール・ミッサービーブ」という言葉、それと「孫」という言葉がからんできて曖昧になるというふうなところとか。これは、作り方というか、運びの問題ということだけでとらえても非常に面白いところです。

言語の予言力

古井　夢の場面から始める小説というのはだいたい下手な小説といわれているんです（笑）。あとが苦しくなるんですね、象徴的にあまりにも鮮やかな夢の場面から始めると。ところが、この小説の場合、夢の中の人物との関係、それから夢の中の雰囲気が、すぐに底に沈んでしまって、溶解剤みたいな、物をすべて溶かし込む原溶基みたいなものとなって溜まった。その沈み具合を最初に見て、これはかなりいろんなものを放り込めるな、放り込む時には勇気がいるけど、あとは辛抱強く底に溶けていくのを待っていればいいんじゃないか、という見込みが立ちました。そこで、むしろ小説としては通常避けるべきものを、思いきりよく放り込んでいった。ただ、放り込むそのつど、その分だけ苦労する。しかしいわゆる格闘というんじゃなくて、それが作品の中へ溶けていくのを、風呂桶に水を張る時に、水が満ちてくるのを待つみたいにじっと辛抱していれば、なんとか時間は流れるのではないか。どうしても時間が流れない時には、そこは連載、連作の強みで、その時のリアルタイム、季節感その他の力を借りるというやり方をとりました。

平出　いまのお話をちょっと整理すると、まず、登場人物は非常に切り詰めておくということですね。最小限に抑える。それから、小説的な、やってはあぶないぞということを先にやる。わざと、あぶない手で先手を打っておくというんですか。そして、待ちにまわる。

古井　そうなんです。

平出　そうやって時間を呼び込むということですか。その運びのことで、とくに最初の数章のところがとても面白かった。短篇連作的な面があるわけですから、短篇小説としても意識されて、各章が書かれているということもわかります。けれどもしかし、運びの速度というか、運びの破れの速度というか、これがちょっと普通じゃないんですね、短篇としてうまく完結する、循環するというようなことではなくて、先へ行くということですね。先へ行く行き方が、ストーリーをつくっていく行き方ではない。

古井　ないんです。

平出　よく見ると、非常に離れているというのか、各段落段落が互いにどんどん離れていこうとしている。そういうことを、とくに前半のほうでかなり意識的にやっていらっしゃるように見えました。

古井　小説的な全体をつくるためには、もし最初から構想を立てるという行き方をしたとすれば、それぞれ前の篇をきちんとレシーブしなきゃいけないわけですね。レシーブは、できれば早めに、球が難しくならないうちに受けるのが定石でしょう。ところが、あえてレシーブを暫し怠ると、もう、受けたところで、意識した方向には返せない。そういうタイミングで受けることにしたんです。その時にも、自分でつけた表題を頼みにしました。どちらの方向へ受けるかわからなくなっても、受けること自体がすでに自ずから方向をふくむのだろうと。その時、自分が頼みにした体験が、恐らく連句の付け合いじゃないかと思うんです。

平出　連句とは、こちらから言い当てようかと思っていましたが、先に言われてしまいましたね（笑）。

古井　そうやって見ますと、はじめて私なりに、ああ、こういうものかと感じたんだけど、連句の付け合いというのは、やっぱり言語上の楽天主義ですよね。

平出　なるほど。

古井　つまりもはや楽天しかないところまで追い込んでおいて付けるんですよ。そういう時に、言語上の楽天は何かということもつい考える。ひとつには、言語というのはどうしても楽天的たらざるを得ない。楽天性を失ったらもう沈黙になるよりしようがない。どんなに悲観的なことを表現しても、その表現し切ったということはすでに楽天をのぞかせるわけですね。

平出　通常、そこは見ないことにするんですがね。

古井　例えば旧約聖書の預言者たちの激烈なる破滅の予言。これは当然、内容としてペシミズムもいいところなのだけど、ただペシミスティックなことを言うなら予言する必要はないんです。予言という形をとったら、もう自ずから楽天になるわけです。

平出　恐ろしいくらいの当然の話ですね。

古井　それから、言語それ自身の形成力、もうちょっと雑にとって、言語というところまで突き詰めないで、言葉の塊でもいいですが、それが自ずからもっている展開力を現実に照らし合わせてみると、ある種の予言力に近いものになるんです。現在の意識及び言語を操作している意識からはわからないことを予言する。予言というのは未来に投射されるのがもちろん予言なんだけど、過去に投射されるものだってあるわけで、知らないはずの事柄を表現する力が言語にあるんじゃないか。批判的な意識からするとなかなかそれに従えないんだけど、あえて従ってみたら、未来および過去へ向けて話者のわりあい面白い小説の時間ができるのではないか。その時その時の成果にはどうも満足はいかなかったけど、だいたい終始それを頼りにやってきたんです。

平出　言語の中に自ずから予言してしまう性質、自ずから展開してしまう性質があるということですね。しかもこれは、プラスの力としてだけではなく、マイナスの力としてでもあるわけで、認めざるを得ないということですね。

古井　認めざるを得ないんですよ。またそれは言語の功績かもしれないけど、書いた人間の功績でもなんでもないんですよね。しかし、やっぱりそれ自体が面白いテーマなんです。言語の予言力というのは。

平出　そうですね。予言力、形成力というのは、詩のように初めから言語の物質性に恃むものにおいては、ある程度自覚されてはきたんでしょうが、散文で、小説でというのは稀れでしょう。

連句の散文性の取り込み

平出　幾つかの話がここから分かれていくんですけれども、運びのことにちょっと戻しますと、連句の作法で「先へ先へ」という教えがありますね。ところが、「先へ先へ」というのが何の先なのか。どちらの方角を指して、あるいは何を元にして先へといっているのか、ということが非常に重要になってくるんじゃないかと。

古井　そうですね。

平出　とくに小説の中で、連句的な「先へ先へ」をやろうとするということは、小説的な展開の先へ先へと紛れがちだけども、実は大変違ったことじゃないでしょうか。

古井　連句についての私の体験はいまのところこうなんです。先へ先へという詩的な意志があり、これはまた連句の戒律でもあるわけですね。それで俳諧師たちはきびしい、詩人として勢い込んだ口調で、先へ先へということを主張し、門人たちにもそれを促していく。しかし私の見るところでは、連句というのはやっぱり循環だと思うのです。循環でしかない、反復でしかないという認識に立って先へ先へと進む。先へ先へというのは同じ反復でも新鮮な反復、よく清新という言葉を使いますが、これは幻想かもしれないけど、ある対比の中で束の間の清新ということはあるんですね。その清新な反復のことをいっているんじゃないか。反復の清新さはその都度のものかもしれない。けど、その清新さを体験した詠み手と、受け手、その両側にすでに言語的展開の何かの感覚あるいはイデーの確認が生ずるでしょう。それが連句の醍醐味であるわけです。しかし、連句は三十六で終わるわけで、全体が構想をなしているかどうかというのはとても難しい。で、仮に構想をなしていないとしても、途中の幾つかのくだりが光っていればそれでいいわけで、果たして小説もそういうようにいくかどうか。いくと思ったりいかないと思ったりしながら書いてましたけども。

平出　連句の面白さというものは、詩歌の面白さではないんじゃないかというところもあります。つまり定型的な作品としての面白さではなくて、むしろ散文の問題を顕わにしています。

古井　そうですね。

平出　だからこそ、いわゆる詩歌との間のずれとか緊張というものが続いていると見える。

古井　連句では、言葉による展開というのが最大の関心事なんでしょうね。詩歌であるかどうかという以前に。

平出　そうですね。あるいは以後というところもあるのでしょうが。

古井　それを言語という力の臍の緒と思っている節があります。そういう確信はあるようですね。僕らはとても持ち得ないんで、そういう信念をもってやっている人のものを読んで触発を受けるだけなんですけれども、しかしそれを小説に及ぼそうというのはとんでもない話でね（笑）。

平出　ですから、小説でなくなる覚悟のようなものがなければ、連句の散文性というものの取り込みは、ないモチーフでしょう。

古井　そうですね。作品を始める時にあたって、はっきりいって、小説的に展開する自信はない。これは自分に体力気力がないという意味だけじゃなくて、どうも自分がそういう雰囲気の中にない。雰囲気の中にないというのは、自分自身の雰囲気の中にないということの他に、言うと大袈裟になりますけど、時代とか世界の雰囲気の中にない。それでは、長めの小説を書こうとする時、いわゆる構想的な展開を断念して、そのつなげ方に連句的な付け合いとか、言語自身の展開の時にかなり身を任せる。そういうやり方を取ったわけです。もう一つ、時代なり世界なりのクリマがある。

平出　クリマ。

古井　社会の気象です。これはどういう正体のもので、実際あるのかないのか、あるとして現代はどうなのか、これを究めていくのはなかなか難しい。しかし仮にあると措定する。主人公は少なくともその中にある。これはフィクションだから許されるわけですね。気象の中でいろいろ、自ずから展開していきそうなものがある。そういう予想も頼りにしているんです。小説はフィクションですから、書き手自身もフィクショナルな立場に立ってもよろしいのではないか。どういう暗雲がたれこめて、どういう天候に赴く気配があるか、それは知りません。そこから何か先を予言できるなどとても考えられなかった。仮に予言者のムードを、これを虚構として作品の中に持ち込んだらどんなものか。夢の部分から始まったというのは、これも自然にそうなったんだけど、えらいところから始めおったなと思いながら書いているうちに、気象の雰囲気から、何か予言的なムードがややたちこめてきたんではないか。これをひとつ小説の展開の元にしたらどうかと、その時すでに考えているんです。なるほど楽天的だと思いました。あの表題にますますふさわしいと。

平出　雲行きを待つみたいな、待ちの姿勢から入って。

古井　そうなんですね。

エッセイズムをめぐって

平出　その時に、以前、古井さんがおっしゃっていたエッセイズムですか、エッセイという言葉を、普通、随筆などちょっとした散文のことをエッセイといいますけれども、それをもうひとつつかみ直して、エッセイズムという言葉を使われた。この場合のエッセイという言葉の中には、いろいろな意味が入っているんですか。

古井　いろいろな意味が入っているんですけど、私は一応小説家の立場からアプローチしますので。私の考えるところでは、小説というのは、テンスとして過去の精神につかなきゃいけない。何事かが起こった。したがってこういうことが呼び覚まされた。それがまた何かをもたらした。いちいち過去の精神で事柄を置いて、それを踏まえてまた事柄を展開していく。

平出　時制としてですね。

古井　そうです。この、テンスとしての過去形の精神が弱いと、小説の文章というのはみっともない、不愉快なものになる。これは、小説家としての駆け出しの時から、あるいは翻訳の時からつくづく感じていることなんです。ところが、私自身は、しっかりした過去形のテンスを使えない。あらゆる認識、感覚、あるいは感受性が、実際に、本質的に、完全過去の形になり得ない。これも駆け出しのころからの自己認識なんです。しかし、そこで実験的な文学の形へ進む道もあったんだけど、そこは私の気質が決めたことのようでして。私自身は遅れて小説の道へ入ってきた人間である。ところでここに立派な完全過去のお店がある。そこで働くのに、このお店の家法に逆らって……それも面白いけど、それだけの話じゃないか(笑)。で、実直に従うことにしたんです。せめて形の上で完全過去の精神で書きたい。最初はなかなかそれができなくて、ようやくその完全過去を使えるようになったのは、むしろ『山躁賦』みたいなものなんです。実際に、「何々した」という文章で止めることができるようになったのはあの頃なんです。それから、まあ、四、五年短篇を書き続けて、一応、奉公の年限は果たした。お礼奉公もやった。で、完全過去のごとき扱い方もいささか身についた。それじゃあ、最初のあやふやに戻らせていただこうかという、そういう気持ちなんです。

平出　手順は全部踏んだということですか。しかし『山躁賦』で奉公を終えたというのも大変なお話ですね。

古井　完全過去の精神を表したような文章を一応書けたと思うんです。それまであまりにも書けなかったから、それとの対比で言っているんですけどね。そうすると、今度は何かが起こった、だからどうかという決定的なものからかなり自由にものが書けるんじゃないか。エッセイズムって長いこと叫んでいたけど、ようやく、そう肩を張らずにできるのではないかと。『仮往生伝試文』というのは、あまりにもエッセイに近づきすぎているんですよ。

平出　そうすると、エッセイズムというものは、かなり長い間、舌先に転がしていたという時期があったけども、今回はむしろ小説との嚙み合いでやるということですね。

古井　あるいは、寛いでやった最初じゃないか。どうしても小説のほうからアプローチしていますから、エッセイズムという時の中心テーマが、やっぱり出来事とか、起こったとか起こらなかったということなんです。起こった・起こらなかったということをきちんと定めて書き進めるのが小説の常道です。だけど、起こる・起こらないの未定の状態の中で小説を持続させるという行き方もあるのではないか。つまり人が死んだというのは、いたのがいなくなったんだから確かに何事かが起こったに違いない。しかし死んだ人はともかく、生き残った人間にとって、この出来事というのもかなり起こった・起こらないの未定な状態にあることになるんです。ずっととどまりっきりの部分もある。

平出　出来事そのもののあやしさということですね。

古井　あやしさと、その未定状態の中にあるいろいろな認識や感覚や感受性の豊かさを汲み取りたい。それでも、ああいう小説を書いてて、人を一人死なせるというのは相当つらかったですね。墓穴を掘るとはこのことです（笑）。

平出　そこをもうちょっと伺いますと、完全過去で書いている作品の中で人を一人死なせるということと、未定の状態で書いている時に人を一人死なせるというのは、まったく違うということですか。

古井　違いますね。完全過去の精神をはずして、未定の状態でものを書いている時、人の死というのを作中に導入するということは、完全過去に殴り込みをかけられるようなものです。これをどう未定の状態の中に溶かすかというのは、さて、その場になるとできることかできないことかちょっと見当がつかないんです。どうしても、人の死がこの作品に入ってくるなという気配があったんですね。そうすると、もうだいぶ古典的な小説の気配をおびてくる。そうすると、僕のやり方が大きく狂う。その形が見えてきた時に、だいぶ小説が動揺をきたしているんですね、「終日の歌」以降。構想をしっかり立て直すよりも、書き手である私自身のムードをつかみ直したほうが大事だろうと、旅行したりして。小説の中で人、一人殺すために。一月、旅行していろいろ考えているうちに、ようやくその気になれた（笑）。

平出　なかなかきわどい。

古井　人を死なせた後、その死をまた生のほうに引き戻すにはどうしたらいいか。

平出　過去にしてしまわない殺し方みたいなものですか。

古井　そうですね。だから、旅行で中断したあとは、人物の一人が亡くなったということで始めるんだけど、その場面がもう、いままで小説には声でしか登場していなかった女性と主人公が向かい合っているという場面です。で、一人の人間の死を時間的にはずしてしまった。

平出　死に立ち会っていない者同士ですね。

古井　ええ。だから、過去として完了しきれてない同士の話の場面になったんですけど、こういう場面、心理、感情というのは、非常に微細なあやが多いんです。これ、描写していったら果てしなくなるわけですよ。そこから二百枚ぐらいの中篇ができてしまうわけで。

平出　未亡人の話をわずかの頼りにして、あたかも自分が見たような、という形で主人公が会話をしてしまうところですね。あれは、未亡人のほうが完全過去の話者であるとするならば、そこに距離をとっている。

古井　そうなんですね。その時の一篇ごと独立した作品として、とにかくなんとかして立てるということにもっぱら力を傾けて、全体の小説としては、ひょっとしてもう破れが出たか、崩れたかというぐらいの気持ちでやっていました。破れや崩れの動きもあるだろうから、二、三回流して、それから長篇として、すくえるものはすくって逃げ込もうと思っていたんです。そうしたら病気になってしまった。

平出　逃げ込む先が、もっと剣呑だった（笑）。

古井　崩れたか、破れたか、傾いたかという感触を感じながら、一篇ずつきちんとまとめていく時の、書き手の心境というのは、えもいわれぬものでね、ある意味では決して悪いものじゃないですよ（笑）。

平出　いや大変なことで、そこは想像するだけですけど。ただ、最後の病気のところと、その前の、小説になるだろうかという期待さえ読者は持ってしまうだろう部分との境目、これはかなりはっきりあって、そこがこの作品の一番スリリングなところだと思ったんです。この小説が、破れのほうにかなり意識的であり意志的であるということは当然あるにしても、読んでいる時に、途中までは、意外と小説なんだなという感想は持ったんです。というのは、もちろん先ほどからおっしゃっておられる小説的運びからの離れみたいなものは随所に見られるわけですけれども、それでもやはり、人物がいて、描写があって動いていく、かつての奉公の部分は下地としてずっとじわじわと動いていきますよね。とくに中盤。しかし病気の後は、違うところに抜けていきます。エッセイズムという言葉がいまも適用できるのかどうかわからないですけれども、エッセイズムというものをあらためて強く感じる展開になって、これはひとつの離れ業でもあるのかなと思いました。

古井　結局は小説になるための離れ業ですよね。エッセイズムそのものの離れ業というんじゃなくて。やはり小説を書こうという意志でやっているんですね。小説離れをしても小説を書こう。小説にならずに終わるんじゃないかという危機感がとても強くて、その時、『楽天記』という表題が呪文みたいになるんですよ。この表題そのものが、途中の書き手にとってはぎりぎり小説の保証なんですよ。

平出　ああ、そこですね。

古井　楽天というひとつの心の動きを描く。このことに、完全過去をも生かせる小説の形態があるんじゃないか。小説が破れ始めたら楽天の物語。なんとかそこでつないでいける。どうにか小説から脱落しないですむ。それは確かだったようです。

平出 病気を書くということについてのいろんな踏まえといいますか、近代文学だけとっても、病気を書くということはいろんな形で行われているわけですけども、その踏まえの上で書いている。あるいは踏まえの上で病んでいるといってもいいのかもしれないですけど、病みかつ快癒していき、書きつぐという、その流れが、やはり踏まえというものを感じさせますね。

古井 確かに、妙なことはしたと思います。病気ということを書いた作品はいくらもあるし、なかなかの名作がその中に多いんだけど、だいたい過去のこととして書いてますよね。同時進行風に書いていても過去として見ている。ところが自分が病気になっているということを知らない人間が病気のことを書いた小説というのは、はじめてではなかろうか。ずいぶん珍しいケースに自ずからなってしまったんじゃないか。最後の二篇は確かに病後に書いたものに違いない。しかし、その前の、少なくとも五、六篇には、はっきり病気の兆候が客観的に表現されているんです。しかも書いている本人はそれを意識していない。でも、小説全体の運びが明らかに病気の進行に影響されている。その意味では、とんでもない同時進行であるわけです。同時進行だから、もう少し文章が崩れてはしゃぎ立ったら面白かったんだろうけれど、そういう同時進行をわりと端整な文章でやったという、そういう小説は少ないいんじゃないか（笑）。

デッドによって生きる「楽天」

平出　幾つかの言葉がひっかかり、残っているんですけども。前半のほうでいうと「自重」という言葉ですね。dead load といいましたっけ、これが非常に意味深長ですね。言葉の自重という感じもしますし、それから小説という形式の自重というか、そこに何か盛るのに形式そのものの重さが計れない。計ってもそれは死んだウエイトであるというような、とりあえず不問に付される重さみたいなものですね。それは何か、言葉の問題あるいは小説形式の問題としてつないで考えてみると、これは作者の自己意識が当然そこに投影されていると思うんですが、ずっとその自重が終わりのほうへなにかを引っ張っていく、自重がかさんでいくというか、自重の二乗みたいな形でかさんでいく、そういうふうな展開としても見えるような気がするんです。とくに最後のほうの病院のところで出てくる装具師、あれは自重のかさみを主人公に届けに来たような存在でして、とても面白いですね。手術後の顎を固定する道具を病室に持ち込んできて、ペンチで曲面を合わせて、笑いながらはめる、そんな役割の人物が印象に残りました。

古井　自重といえども重さであることは変わりないわけですよね。トラック全体の重さから搭載量をマイナスした重みだって現実の重みである。そこにデッドという言葉をつける。そのデッドという言葉にさらに関心をもつ。これ、言語のリアリティなんでしょうね。その意味合いのデッドにいろいろと問題があるし、興味も引き寄せる。

平出　『楽天記』という表題も、デッドの方から照らされていて。

古井　そうですね。デッドによってはじめて生きる。はじめてとつくと小説的な展開になるんです。デッドの中で生きるその状態を、その様子を、断片的でも表したい。これが最初です。ところが、デッドの中ではじめて生きるとなると、これは小説としてはなかなか高い手を引き寄せてきたことになるわけです。引き寄せてきた時には、だいぶガタがきました。こんなもの引き寄せてきたって書き切れるもんじゃないと思いましてね。

平出　高い手という意味では、さっきの装具師は引き寄せられた手の中のディテールにすぎないかもしれないけれど、しかし、これが運びに必須の一種の滑稽ということを負っている。負わざるを得ない。しょっちゅう笑って作業していて。

古井　あの装具師から主人公が何を連想したと読めましたか。あれには覚えがある、あの陽気さには覚えがあると主人公に言わせてますけれど。

平出　ちょっと、そこは読み過ごしたかな。

古井　葬儀屋さんなんですよ。葬儀屋さんというのは、闊達で陽気でしょう。

平出　はつらつと死体を扱う。

古井　で、よく笑いますよね。

平出　なるほど。楽天の権化と（笑）。

古井　だから死の境の前後が逆転するのが面白いと思って。

平出　僕が『楽天記』の映画化にあたるとして、キャスティングをするとしたら、あそこの装具師役は古井さん御自身がいいんじゃないか（笑）。笑いながらね。一種のはしゃぎと、強引と。人間を生きながらに鋳型（いがた）にはめるわけですから、ある意味では作家性の象徴みたいに思えます。

古井　そうね。僕もこの小説を書いてて、ああ、小説というのはあるもんだなと思いました。というのは、ここはもしもエッセイズムのほうへもっていくならば、もっと違った書き方、あるいはもっと違った拡大のさせ方があったと思うんですよ。さっき言った、死にながら生きる、生きながら死ぬ、その様子を言語的につかまえるためならば、むしろ小説的な一切の展開を去って、本当にエッセイ的な部分を長々と続ける、そういう言語の充足というのはあり得たんですよ。ところが、死にながら生きる、生きながら死ぬという観念に、僕の場合、「ようやく」という副詞が一つ加わるわけです。死ぬことによってようやく生きる。生きることによってようやく死ぬということを見る。この「ようやく」が一つ入ってくると小説になるんですね。はじめはもっと闊達な、もっと展開の脅迫感から免れた書き方をしたいという要求が非常に強かった。だけど、「ようやく」という副詞の発想ひとつで、それが大幅に制限されてしまうんです。何か時間的な展開、あるいはその契機みたいなものにアクセントを置かなきゃならなくなる。そうすると、エッセイズムとして、そう自由闊達にはなれない。こんなことも発見しました。毒を食らわば皿までもという気持ちはあったんですよ。だから、いまごろまでまだ連載をやるぐらいの了見はあったんですよ、編集部は迷惑かもしれませんが（笑）。

平出　副詞というものは時間ですね。だいたい時間を背負うわけですね。だから、時間を背負ったところで、また小説についた。

古井　小説が乗り込んでくるんですね、向こうから。

平出　小説に見つけられる。

古井　本妻が乗り込んでくるような（笑）。

平出　こんなところでなにしてんの、みたいな（笑）。

古井　僕の文章は、原稿に書く時、副詞をさんざんに使っておいて、ゲラの時に副詞を切るというような文章だったんですよ。

平出　さっきの連句や俳句の世界を考えると、ほとんどあれは副詞で成り立っている世界でしょう。

古井　そうなんですよね。無時間的なものに追い込まれた書き手が、せめて言葉の中で時間を取り戻そうとする時、副詞が多くなるんです。

平出　気がついてみたら、副詞はあそこに無尽蔵にあって、この無尽蔵ぶりというのはなんなんだと思うくらいです。

古井　言語の本質的な絶望の表れじゃないですか。あれだけの副詞を頼りに、否でも応でも動かそうという。

平出　副詞だけで五・七・五ができるでしょう（笑）。副詞が地肌をさらして。あれは時間の地肌ですね。でも、そこからまた、散文は副詞をつき放したりしながら身を起こしてくるわけですね。

古井　起こしていくんです。副詞のつき放しがある程度まできびしくなると妙な現象が表れるんですよ。形容詞が甘くなるんですよね。形容詞を許す気持ちになってくる。

平出　それはわかりますね。

古井　日本の私小説のよくできた文章というのは、やっぱり副詞を排除し、排除したあげく形容詞が甘くなっているという状態なんじゃないかしら。そんなふうに思いますけどね。

平出　なるほど。そうすると、副詞の排除というのは、そういう短篇の名篇で、かなり意識されているわけですか。

古井　してますね。小説であるから、言ってみれば、時間の展開のためには副詞が主要な武器で、副詞というのは小説的表現の土俵みたいなものなんだけど、どういうものなのか、日本の近代文学の言語的な倫理みたいなものとして、副詞を削って（けず）いくという志向があるんですね。

平出　その場合の副詞というのは、いまお話に出ているような副詞の認識とはずれるような気もしますけど。

古井　でも、なにか本能的に、直感的にあるみたいですね。つまり、自分たちが、もう闊達に出来事を語れる状態にはない、テンスをきちんと使えないという意識が。そういう状態に対して誠実でありたい。自分が本当は書けないはずの、使えないはずの副詞を多用したくない。できるだけ削りたい。そういう倫理感、言語的な倫理感じゃないかしら。その倫理感がまた妙なものを派生してきますけどね。

平出　詩の場合だと、逆なんです。時制は自由に扱いたいから副詞には放漫で、他方で形容詞には禁欲するという傾きが強いですね。形容詞には注意せよ、ということは、割合初歩的な作詩法や倫理としていわれていますね。

古井　面白いですね。倫理感をもった私小説的な小説家の文章を読みますと、それにしては形容詞が甘い。例えば阿部昭さんみたいな小説家ね。あれだけきびしい文章にしては形容詞が甘い。志賀直哉にもあるんじゃないでしょうか。その代わり、文章に時間的な展開の幻想を与えること、時間を歌にしてゆくところの表現に対しては非常にストイックですけどね。

平出　古井さんのように両面を眺め、踏まえていくと、形容詞でさえ許すところがなくなって、大変ですね（笑）。

古井　いや、何かを倹約すれば、他の面で贅沢になるわけでね。倹約一方というのは思想にはあっても文学にはないんじゃないかしら。

平出　贅沢一方というのは、これはやはりないんでしょうね（笑）。

（「新潮」一九九二年五月号）

「私」と「言語」の間で──松浦寿輝

松浦寿輝（まつうら・ひさき）一九五四〜

詩人、小説家、批評家。東京生まれ。東京大学教養学部卒業、同大学院博士課程中途退学を経てパリ第Ⅲ大学博士学位取得。東京大学大学院教授を二〇一二年三月に退官。東京大学名誉教授、日本芸術院会員。

『ウサギのダンス』『冬の本』（高見順賞）『平面論　一八八〇年代西欧』（渋沢・クローデル賞平山郁夫特別賞）『エッフェル塔試論』（吉田秀和賞）『折口信夫論』（三島由紀夫賞）『もののたはむれ』『知の庭園　19世紀パリの空間装置』（芸術選奨文部大臣賞）『花腐し』（芥川龍之介賞）『あやめ　鰈　ひかがみ』（木山捷平文学賞）『半島』（読売文学賞小説賞）『川の光』『吃水都市』（萩原朔太郎賞）『afterward』（鮎川信夫賞）『明治の表象空間』（毎日芸術賞特別賞）『名誉と恍惚』（谷崎潤一郎賞、Bunkamura ドゥマゴ文学賞）『人外』（野間文芸賞）『わたしが行ったさびしい町』『無月の譜』（将棋ペンクラブ大賞）『香港陥落』『松浦寿輝全詩集』などの著書がある。

松浦　いちばん最初に翻訳なさったのは何だったのでしょう。

古井　じつはニーチェの『悲劇の誕生』なんです。下訳です。印刷はされませんでしたが。それが一九六五年、当時すごい翻訳ブームで文学全集が二十万、三十万と売れていた時代です。

そのころはまだ二十歳代でしたが、自分にいわゆる文学的教養があるとは思っていなかった。いろいろ読んではいたけれど、言語遺産をたくさん蓄えているとも思っていなかった。それが翻訳を請け負わされる、それも大層難しいのが来たんですよ（笑）、ブロッホとか、ムージルとか。もう日本語の言語力を無理なまでに駆使しなければならない。ところがいわゆる教養的に蓄えた言語力がとぼしいもので、翻訳に当たるときに、教養的とか認識的とか、そういう態度よりも、物に直ぶっかかるという姿勢にならざるを得なかった。要するに、とてもこなしきれない外つ国の、しかも過度に尖鋭化された表現を、こちらの母国語とはいいながら自分にはもうこなしきれなくなっている言語へ移さなければならない。しかも、原典は近代の言語的な成果を踏まえてそろそろ解体にかかっているというものなのです。だけど翻訳するほうは解体以前の古典的な形さえ備えていないというわけです。

松浦　たとえば石川淳などの場合、ジイドやアナトール・フランスを翻訳するに当たって、自分の文学的教養にも言語力にも自信を持って始めたと思うんですね。

古井　自信持ってましたね。

松浦　つまり子供のころからの漢文の素読の記憶とか、肉体的にたたき込まれた言語と教養というものがあって、そこには揺るぎのないものがある。だから『法王庁の抜穴』など読んでも、フランス語の知識はともかくとして、訳文では自分が既に蓄積してる豊かな富から流れだした言葉を駆使してるって感じがあったと思うんです。それに対して、確かに古井さんのブロッホとかムージルの翻訳を読むと、今おっしゃったようなお話、つまり横の言葉を縦にするという毎日の現場一つひとつでそのつどノミで彫り上げるようにして獲得していった言語というものなんだなあという感じがつくづくするもんで、今のお話はほんとによくわかったんです。

古井　石川淳さんなどの世代だと自家用のたっぷりした文学遺産の中へ受け止める。とにかく私の日本語にする、あるいは自分たちの日本語にする。それから、もう少し時代が下れば丸谷さんたちになりますか。これはおそらく、戦争中の青年期から苦労して蓄えた教養と文学的認識に依った、多分に解釈的な翻訳でしょう。まあそれだけの素養があった。僕などは遺産もないし、だからもう確固とした解釈はないんですよ。それだものでいきおい——これはあんまり立派な意味を付与してもらっては困るんだけど——現象学的な翻訳になる。そのときに苦労した日本語が、どうも私の場合、やがて翻訳からそれて自己表現を求めたみたいで。だから表現したいことがあって、その情熱からして作家道に入ったという言い方は私の場合ちょっとずれがあるんですよ。翻訳で苦労するうちに、翻訳で言葉をいじめているうちに、どうにかこなした言葉が、今度は自己表現を求めだした。だから小説家の出発点において、私が従のところがあったんですよね。

松浦　ジュウというのは——。

古井　言葉が主で私が従で。それまで三年ばかり、日夜翻訳に精を出す時期が続いたのです。量もけっこうなものでした。その間には私自身の言語、少なくとも書き言葉はそれなりの変形を受けますね。この言葉でもってはもう研究者は続けられないと感じたのです。翻訳家としてもまずいんじゃないかと。かといって自己表現に走るという気持は薄かったのですけど。しかしとにかく自分の文章を書いてるときにもっとも、翻訳からの自然な連続を感じましてね。で、まあ諸般の事情も加わってこの道へ入ってしまった。

　言語と私との関係というのがありますでしょう。さっきつい主従というような乱暴な言い方をしましたけど。人により時代により、この関係如何で、ずいぶん文学的な足場が違うんですね。いわゆる立場っていうものよりはそういう足場といったもののほうが、それぞれ物を書く態度に大きく響くんじゃないかしら。

松浦　古井さんの場合は、自分で鍛え上げた言語の方が今度は「私」を引っ張っていくというか牽引して、創作の欲望へと導かれていったということなんでしょうか。

古井　鍛え上げたというより、捩れやこぶができてしまった言語をどうやって生かすかということでね。

松浦　私なんかから見て不思議な感じがするのは、これはあるいはごく自然なことなのかもしれませんけれども、外国文学研究者のキャリアからお入りになって、今お話を伺ったような屈折した関係、一種の人工的な関係を日本語との間に持っていらっしゃって、そこからつくりあげられた作物が古井さんの御文業の総体だということは非常によくわかるんです。ただしかしこの二十年間のいろいろな紆余曲折の果てに、いま日本の文壇というか文学の世界を見回してみると、古井さんがまあ「文士」とでもいったような日本的な作家のあり方に一番しっくり身を落ち着けて——落ち着いてはいらっしゃらないのかもしれませんけど、いちばん伝統的な意味での「文士」という感じがするような位置に来ていらっしゃるというのが面白いと思うんですね。今度の『楽天記』などほとんど徳田秋声みたいな私小説になっていて、それに『杳子』いらい二十年間ずっと読んできた読者として、私なんか非常に必然性のある道筋なんだというふうによくわかるところもあるんですけれども。

古井　文壇というものがほんとうにまだあるかどうかはまた問題なのだけど、そのような雰囲気はありますね。その中で、私、もう二十何年もいますから、外見からすればまったく自分の海で泳いでいるようなふるまいはしますけれども、でも内実、依然として転校生とかあるいは外人選手とかいう感じが抜き難いんですよ。それは私自身の心理にも抜き難くあるし、私を扱う編集者とかほかの作家たちの態度にもやっぱりある。この人はちょっと別な評価をしなきゃならないっていうような。ましてや最初のころははっきりそうだったわけです。文学の出所が違うっていう感じだったですね。一方でこういう言い方をしてくれるわけですよ、極めて個性的な作家だと。だけど僕にとっては個性という言葉はもう死語でしたね、物を書く限りにおいては。

日本文学にはそれなりに著しい人間中心主義がありますね。「人は文なり」というあの伝統が近代的になって伝わってるんだと思うんです。人間の存在なり運命が先行して言語が熟して文章が成ると。この「倫理」は抜き難くあるんですよ。批評するつもりじゃないのです。あるいはこれが日本文学の命綱(いのちづな)なのかもしれない。かもしれないけど、いまだに僕にはわかりません。その「倫理」に照らし合わせると、やっぱり僕は最初からちょっと困った作家ではあったのです。言語的体験がすこし違う。人生の中で得た言語的体験よりも、読書人として翻訳家として、それも奇妙な状況で素手で翻訳に当たった人間の体験した言語がまず先行している。言語が先行して物を書いてるというのは、本来、非常に幸せな状態であるはずなんですね。言語って自分のものじゃないものね。だけど、そういううまい具合の言語先行型ではなかった。私的な言語体験の先行というのかな、翻訳は公的なのですが、その作業そのものはそうとう私的なものなのです。人の前に出すまでには結構をできるかぎりしっかり整えますけど途中の私的な作業を経て、私的な言語的なこぶは残るでしょう。そのこぶの振り戻しといいますか、模型飛行機のゴム動力みたいなものですな、こぶの力をどう解放するかというのがどうも僕の衝動だったようです。こぶこぶのままではもう翻訳家としても役に立たないし、研究家としても邪魔になる。ほどけばそれでもういいと思っていた、じつは。ほどけなかったから長続きしましたけど。

松浦　ほどくつもりでもっとこぶが太くなるってこともあるかもしれませんし。

古井　長年、すんなり淡白な文章がこぶの極致だというような認識にはそろそろ至ってますけれども。

私小説＝小説の解体

松浦　さっき言語が主で私が従というお話を伺ったんですが、ひょっとしたら「私」そのものも言語でできているものなのかもしれないという考え方はどうでしょうか。「私」がまずあってそれを言語で表現するっていうのが普通、人が言葉の表現というものを考えるうえでの自然な成り行きですが、ひょっとしたら、「私」というもの自体、芯の芯まで言語に侵されており、ひょっとしたら言語そのものが「私」なのではないのか、ということを実は古井さんの私小説的な作品を読ませていただいているときでも感じることがあるんです。つまり物質としての言葉を一つ一つ彫り込むようにして書いていらっしゃる現場では、言葉のこぶこぶそのものが一種、古井さんの存在そのものになってしまっているんじゃないのかなあという。

古井　言語を先行させたとさっき言いましたけど、もう少し厳密にいうと言語上の私的な体験を言語上でない私の体験よりも先行させたということなんです。そうしてきた人間はどうしても考えますね、このこぶの中に自分の存在があるんじゃないか、ひょっとすると自分ばかりじゃなくて親の存在まであるんじゃないかとまで。とにかく信念としてはそうしてやってきました。しかしあなたもよくお書きになってるように、言語というのは一つの表現の完成に差しかかると復讐のごとく欺瞞をやる。この体験の繰り返しです。言語に関しては表現そのものが表現ではないんじゃないか、表現したときにこぼれ落ちるものがしょせん表現じゃないか。絞りに絞って空を切るときの一つの勢いとか運動、それにかけるよりほかないんだね。ところが空を切るときの力動を出すのはかなりきっしり詰めていかなきゃならない。詰めるだけで力尽きた小説もありましてね。僕の場合、それが大半じゃないかと思うんだけど。空を切る動きまで見せてないんじゃないかと。

松浦　ミーハー的な興味でお伺いすると、空を切る運動がいちばん鮮やかに定着できたとご自分で思っていらっしゃるのは――。

古井　『山躁賦』ですね。あのときはむちゃくちゃに振り回したんだね。振り回しただけでもけっこう迫力が出たと思いますけど。それでも肝心なところで見事に空を切ったという自負はあります。その後あれほどうまく行かないんですよね。ずいぶん辛抱してきて、ようやくこの前の『仮往生伝試文』とか『楽天記』に至ってどうにかまた。私小説的なものに傾くというのは、私小説的なレアリティに仮に沿って自分を苦しめて、文章も苦しめる。だけどあの行き方はしょせん私小説としても節目ごとに空を切るわけです。きわめて穏やかにね。だけど随分しなやかに空を切るところまで行ったかなという気はします。

松浦　『槿（あさがお）』はいかがですか。

古井　『槿』は、まあ一応小説らしい結構を備えた小説への、今後やるかどうかわからないけど、今のところでは最後のご奉公になってると思います。まずいなあ、こういうこと言っちゃ（笑）。

松浦　こういう機会ですから。

古井　それ以後は、私小説的な形へ行ってるでしょう。私にとっては、私小説的な形へ行くのはむしろ小説の解体なんです。

松浦　よくわかります。

古井　もう一度、小説という厚みも影も味もあるレアリティから離れて、あからさまな言語の矛盾につきたいという。その欲求から私小説的な形をあえてとっている。すると、すぐ追い詰められるんですよね。

松浦　私のまわりで、古井さんの愛読者でずーっと読んできた友達なんかたくさんおりますけれども、「古井由吉、渋くなったなあ」という感想が一方であるんですね。ある意味では渋さっていってもいいかもしれないけれども、そういうもんじゃない、もっと苛烈なところに入っていこうとなさっているんじゃないかと私は思っていました。『仮往生伝』の場合でも、あれはほとんどヌーヴォー・ロマンみたいなものなので、「私」っていうけど実はあれはどこにもいない「私」のことを書いてるのかもしれないし。それはもちろんご自分の体験をもとにして書いていらっしゃるのはわかるんですが、いわゆるリアリズムとはまったく違うもんだという印象を持ってたんですね。

古井　ええ、違うもんですね。

松浦　かといってむろん幻想小説だというわけでもない。そのへんがとても面白いと思います。私が古井さんの小説を読み始めたころなんていうのは小説——詩でもいいんですが、文学というのはあくまで言語で書かれるものなのであって、「私」の体験の表現などというのは違うんだっていう考え方がむしろ主流だったと思うんです。文学とは言語のうねりと運動によってつくりあげる虚構であるという認識を、私なんかも言うまでもない常識として受けとっていた文学少年だったんですね。ところがここ二十年来の時代の移り行きというのは、私の実感でいうと、自分が高校生とか大学生ごろに、こういうものこそ文学だと思い込んでいたものが、徐々に希薄になっていったというか、ほとんどきれいさっぱりなくなってしまったという感じですね。一体どういうことになっているのかなあと思っていたんです。それでも文芸雑誌なんていうのは毎月ちゃんと出てますし、世の中ともなく進んでいくような感じなんですけれども、自分が文学だと思い込んでたものがきれいに一掃されてしまって、ほんとに不思議なことになってきたなあというのが率直な気持でした。その中で見渡すと結局、古井さんだけが営々と、私の考えていた文学のイメージに近いものを着実に書き続けていらした作家かなという気が、今になるととてもいたします。

古井　ホーフマンスタールの詩でしたか、人生のことどもがいかにはかなく取りとめないかということをうたってきて、最後にそれでも「夜」という言葉を口にすれば、そのひとことから深い思いと哀しみが滴る、あたかも洞ろな蜂房から蜜が滴るようにと……散文的に説明すれば、要するに現実の厚みがおのずと集まってくる。それと同じように、日本文学には「体験」というひとことがあったんですよね。これは時代によってさまざまだから、たとえば漱石の場合、葛西善蔵の場合それから太宰の場合、それぞれ違うと思うんだけど、それぞれなりに「体験」という一言の詩の下に何かが凝縮する。ところが言語が解体したばかりじゃない。体験というものを分析的に見る習性がいつからかついたんですよ。体験というのはひとまず擬似的なもんだとぐらいに思わないと人間横着になると。

　ところがまた体験というものを擬似的な、あるいは更に後の認識の試みを許すものだというふうにとると、小説はとても成り立ち難いんです。小説というのは現在今を書いてもそれがあたかも過去であるかのごとく書かなきゃいけない。現在形を使っても完全過去じゃなきゃいけないんですよ。例えば小説に厚みを加えるには、どこで誰が何をしたとか、何を考えたとか、そういうこともさることながら、その時に空はどうだったか、どんな風が吹いていたとか、どんな音が立ったとか……つまり小説に厚みを与えるのに一番いいのはお天気のことです。だけど、お天気のことを本当に現在今のこととしてとらえようとしたら表現は果てしなくなるわけですよね。雨と一言でも言えないし、晴れと一言でも言えない。まして小春日和とか、それから寒の入りの珍しくあったかい日なんて、これは全部、じつは完全過去なんですよ。大勢の人間たちの見てきた過去なんです。これを私、「生前の目」って言うんですけどね（笑）。生きながらの生前。この完全過去、死者たちの民主主義ですか……無数の死者たちの生前の目、あるいは無数の死者たちのことを思うときに生者も分かち持つ生前の目、これが小説の現在だと思うんです。それできちんと振る舞えるかどうかの問題です。振る舞えれば苦労はないんです。

現在を完全過去の精神でとらえないときに現在とは何かという問いが露呈してしまうわけです。そのときに言語は解体せざるを得ないんです。しかし解体のぞろっぺも嫌でしょう。どこで解体そのものをつかめるかと考える。そのときに、現在を完全過去の精神でとらえていく私小説が僕にはいちばん面白かった。なるほどすぐれた私小説というものは、現在を完全過去の目で見るという限定の中で、非常に安定した深みのある表現をつくり出して、それが魅力ではあるんだけど、だんだん年をかけて読んでいくと、破綻（はたん）の部分がいちばん魅力がある。

松浦　つまり作家がやろうとして失敗したことという……。

古井　これはもう文章に、もろに出てくるんです。現在を完全過去の目で見ると文章が非常に安定する。過不足のないような文章が続くわけです。これはなかなか深みと現実感、いわゆるレアリティを与えるのだけど、すぐれた私小説は時として訳のわかんない一行がはさまる。僕はむしろこれに惹かれました。訳のわかんない一行を出すためにこういうことを書いてるんじゃないかと。

死者としての言語表現

松浦　ムージルとかホーフマンスタールについて書いているフランス人の批評家でブラン

ショという人がいますけれども、死というのはブランショの場合にも非常に大きな問題で、死というか、死んでいながら死んでいない、不死の人間――たとえばボルヘスの『不死の人』という短篇をブランショは文学の本質とからめて語っていますが、結局、永遠に死ぬことができずに何もかも記憶し続けている人間というのは、たぶん作家という存在の比喩みたいなものなんだと思うんですけれどもね。やっぱり書いていらっしゃる現場では、ある種、生きながら死んだ人間みたいな位置、死者みたいなポジションに身を置かないと小説表現はできない、完全過去で事実を見ることはできないという、そういうことなんでしょうか。

古井　外国の街を旅行していてここで永住してみたいなという気にちょっとなることがありますね。しかしそれからまた考える。ここに暮らすのは、棺桶の中へ身を置くような心地じゃないかと。ところが、棺桶を感じさせるような街とか村とかに限って永住したくなるんですよね。生前から棺桶を定められているような暮らし方と、そんな意識から免れられている暮らし方がありまして、東京は生きながらに棺桶の中へ入れられたような強迫感から免れられる最たる場所なんです。私、昨年の春に病気しまして、病院の窓から東京の街を見て、自分は半分棺桶の中へ入れられたようなもんだけど、街を見ていると楽だな、これはほんとうにあけすけの街だなと思いましてね。これがもしカフカのプラハの住人だったりしたらきつかったろうなと。

ブランショを私は知りません。けれど想像するに、生きながら死ぬ、それからもう一つ進んで、死にながら生きる、さらにもう一つ、死んだからこそ生きているという発想じゃないかと思います。とすればこれはどうも正統との葛藤らしい。死んでいるがゆえに生きているという発想が、正統的なものとしてヨーロッパ社会に与えられている。たとえばパウロです。パウロがキリスト教の正統かどうかというのは本当はなかなか難しいんだそうですけど。お前たちは律法に対して死んだ、死んだ、死んだゆえに今キリストの中で生きているという。これ、ずいぶん逆様なもの言いですよね。現実的な基盤も随分あるとはわかっています。初期キリスト教が身分的には奴隷民、被征服奴隷、しかし実際には商工業とか知的な産業で相当な実力を持つに至った層に対して語られたと言われます。「お前たちは死んだのだ」というのは、罪と死をもたらす律法に対して死んだのだという意味のほかに、奴隷身分からの、すくなくとも精神的な解放を示しているらしいんですね。死んだ奴隷に対しては主人はもう何事も要求できないと。その代わりに、そのために死んだイエス・キリストの中にまた縛られることになるのですけれども。それはともかく、死ななくては生きられないという感じ方が、僕らが思ってるよりもオーソドックスに近い感じ方としてあるみたいなんです。

その感じ方を教会が、儀式の中で取り仕切っているうちはいいですよ。だけど教会から解放されて個人に委ねられるとき、とくに十九世紀の後半から二十世紀の前半にかけて、ヨーロッパ人が尖鋭な精神性あるいは芸術性を持ったときに、その危機をしのいで乗り越えて行った人も多いのだけど——そういうのが僕らが文学者とか詩人として知っている人物なんでしょうね——、だけどそこまで行かなくて狂ったのが多かったようなのです、癲狂院で終わったのが。これを、人の精神がこれこれの社会状況に追い詰められた結果という見方もあるのだけど、死なないとほんとには生きないという要請を個人的に受け止めた場合、癲狂院という筋が一つあるんですよね。精神的に死ななきゃ精神的に生きられないと……。

私が外国文学者時代に、最後にどうにかつかんだ糸口はその辺なんです。おそらくパウロの考え方、これがキリスト教全体としては主流かどうかは知りませんけど、でも思想家とか文学者をもろにとらえているんじゃないかと。それもオーソドックスへの回帰ということが許されなくなってすべてが個人に委ねられたときに、詩人なり作家なり思想家なりがそれぞれ、自分がどう死んでどう生きたかということを擬似的にでも表さなくてはならない。そこまで探ったんだけど、もとのパターンを知らないと気がついて、それではもっと古いところ、中世から始めるか、と発心しかけたところで、作家のほうへそれちまって。

松浦　私の場合、大学の学部は東大教養学科というところを出まして。これは変な制度なんですが私にとってはとてもよかった。というのは、特に大学で文学を習うってことじゃなくて、とにかく外国語を徹底的にやらなきゃいけないというところなんですね。旧制一高的な古めかしい大正教養主義みたいなものと、それから国際化というものを国是にした戦後民主主義とが折衷的に結びついたところにできた妙な制度で、私自身、今ではそこで教える立場になってしまいました。教育機関として今日なおどの程度有効に機能しうるかどうかは疑問で、理念を再編成すべき時期だと思うんですが、それはともかく私にとってとてもよかったのは、とにかくひたすらフランス語をたたき込まれまして、おぼつかないながら卒論も修論もフランス語で書きました。で、留学してまたパリ大学でフランス語の論文を出しまして、結局、二十代を通して日本語の文章というのはほとんど書いたことがなくて、フランス語で表現するという作業と徹底的に付き合ってしまったんですね。ですから古井さんにとっての翻訳の体験と似たようなことだったのかとも思うんですが、やっぱりそこで自分の言語にこぶができるんですね。さらに外国にいて、自分の母国語、「母の」言語でない他人様の言語で何とか自分を主張していかなきゃいけないといった必要にまつわって出て来たいろいろな心理的な抑圧がありまして、そこから日本語で詩を書きたい衝動が育ってきたのかなとも思うんです。日本にいてもフランスにいても、ある国語によって結びついている人と人との関係性の網の目の中に、自分がありのままの自然な姿で受け入れられないという疎外感、言語的な疎外意識があって、そこに僕の場合は表現の衝動の根っこがあるかなあという気がしています。

いま伺ったお話――癲狂院というのは共同体の中で人を隔離する施設ですし、また生きた体験を前にしても一種の死者の目で見詰めていかないと小説の文章は成り立たないというお話にしても、安穏と人が身を落ち着けていられるような共同体があるとして、しかし外縁を越えて、その外に――「律法」の外に、と言ってもいいかもしれませんが――なにか一歩、二歩と退いていかないと表現できない「私」というのがあるんだというお話なんじゃないかなというふうに伺ってたんですが。

古井　外国語を学ぶということに関して言えば、戦後、学生はもうエリートじゃないということと、何事も認識させなきゃいけないという幻想とからさまざまな難儀が始まっているのです。外国語の初等文法なんてあんな難しいものはない。ほんというとあれを理解せよというのは言語の大冒険なんですよね。ところが戦後の理念として、学生の認識に委ねなきゃならない。僕なんかも戦後の教師で、学生の認識力に訴えたほうです。そのときに、これは一つの通過儀式とぐらいに思ってやっている学生は被害をこうむらなかったけど、多少まともにやった学生にとっては傷は大きかったと思うんです。初等文法を習わされて、これを認識的に受け止めなくてはならない。しかも十九、二十歳で一応こなさなくてはならない、こなすのが当たり前だと。そのために、言葉はすこしオーバーになりますけど、いわゆる知的な職業に従事する人間たちは言語上の疎外感を受けて、後遺症を残すことになっているようなのです。たとえば、正直な話、俺の言語能力は条件法というものをこなせないんじゃないかというような（笑）。外国に行って、そこの文化に対して疎外感を受けるというのはさまざまありますね。日常から疎外されてるとか伝統から疎外されてるとか。しかし言語的な疎外感は大きいでしょう。

松浦　大きいですね。

古井　しゃべれないとか、聞き取れないとかいうことばかりでなくて。しゃべりもし、理解もしたつもりなのだけど、ほんとうのところはわかってないんだっていう。

松浦　フランス語の場合――ドイツ語はどうかよく知らないんですけれども、英語だとけっこう世界各国でいろんな人がしゃべって、それなりの音声上の訛りと文化的発想のバイアスを受けた地方的な英語でも一種の世界共通語として許されるというところがありますね。ところがフランス語というのはほんとうに融通の利かない言語で、文法的には主語、述語、目的語で一応つじつまが合ってるかもしれないけど、それじゃフランス語じゃないんだよという規範が非常にきつい言語なんですね。だからこっちが日本語で発想して、それをそのまま直訳しても受け入れられない。フランス語としてはなってないんだっていうふうに言われると、一生懸命考えて辞書引いて書いて、フランス人に添削してもらって、少しずつ少しずつ進んでゆくしかないわけです。そうすると、自分の感覚とか発想とかっていうものが幾つものフィルターで濾過されて、言いたかったことが裸の状態で見えてくる語の制度の拘束力を受けてだんだん変形していくというようなこともありますし。そういう体験が私の場合非常に大きかったと思うんですね。

というようなこともありますし、またそれが、押しても引いてもびくともしないような言

古井　それが東京で起きないかという問題なんです。日本語の内で。まあね、この言葉の使い方は間違いだとがんばる頑固な人は少なくなってきたけれど、年寄りも若い人も、それぞれのシンタックスを持っていて、けっこう頑固なんだね。そうじゃありませんか。

松浦　そうですね。その点でいうと、『東京物語考』で扱っていらっしゃる作家とか、この間の『「私」という白道』にしても、古井さんが語っている四人の作家のうち、葛西善蔵や嘉村礒多というのは、むしろ日本語に対して、外国語を経由してじゃないにしても、やっぱり一種の屈折した体験を持っている作家ですよね。大体、地方出身者ですし。そのへんは漱石みたいな、江戸的・西欧的な教養が文章に自然に流れ出している人と違うところですね。それから太宰の場合も、究極のところではやっぱり自分の言語に自信があったと思うんです。青森の旧家の出身ですし、実人生で恥の意識とかいろいろあったにしても、言語に対してはあんまり屈折を感じなかったんじゃないか。僕は前半の二人の部分の方が面白かったし、古井さんご自身もこの二人の方により強く執着なさっているような印象を受けたんですが。

古井　漱石は言語的に自信を持つだけの言語体験の重みを持っている人だと思うのですけ

ど、ただどうしても言語を相対化して当たるような意識の人なんです。環境もそうだったと思う。それに比べて例えば徳田秋声、葛西善蔵、それから太宰治などは、どんな文章を書こうと、その初期の言語体験からして、言語に対してもういやおうない自信を持ってる。つまり自分こそほんとはきちんとした文章を書けるんだという意識があって、また意識を持つだけのゆえんがあったみたいですね。もう一つの例だけど牧野信一。ずいぶん乱反射する文章を書くのだけど、中にえらい端正なのもある。芥川龍之介も書けないような端正で深みのある文章が。自分はほんとは壊れてない言語を持ってるんだという意識が根にある作家こそ、奔放な私小説的な文章を展開している。この事情がどういうものなのかと考え込まされましてね。例えば葛西善蔵と私自身をおこがましく引き比べてみて、僕の場合はまだあんなにむきになって言語を解体する必要はないんだと、最初、そう感じました。だけど、おそらく徳田秋声とか葛西善蔵、嘉村礒多、太宰治、この人たちがかなりしっかりした言語的な風土から、東京へ出てきて暮らすうちに感じた言語的な孤立感、これが貴重なんじゃないかと思うようになりました。

松浦　それは東京というものが置かれている歴史的・文化的な状況の問題でもあるわけですね。

古井　そうですね。今や東京に生まれて東京にいながらに言語的な孤立感を感じる時代ですよね。その意味で明治、大正、昭和初期までの私小説家に沿っていけるんですよ。ずいぶんニュアンスも違うし体裁も違うし、外見からするとまるで別なものに見えるけれど、また言語的な孤立というと変な身振りが伴うんだけれど、言語的な情熱の出所の一つとして、考えてもいいかと思うのです。二十年前の学生なり、大学院の学生なり若い教師なりがパリに行ったときの孤立感、それと等しいものが東京にいながら三十でも四十でも五十でもあるんじゃないかしら。

松浦　あるいは明治維新以来あるのかもしれない。

古井　あるはずなんです。

松浦　というのは、さっき正統、オーソドクスとの葛藤ということをおっしゃいましたけれども、実はオーソドクシーというのは東京の場合はないのかもしれない——。

古井　ないんですよ。

松浦　荷風みたいに江戸の方へ行ってしまう……まあ江戸には曲りなりにもオーソドクシーがあったと思うんですけれども、江戸が壊れて以来、東京のオーソドクシーというのは結局できなかったんじゃないでしょうか。

古井　できなかったですね。つくり損ねた。またつくったらえらいことになったんじゃないかな（笑）。

松浦　みな疎外感を抱きながら、でも実は何から疎外されてるかっていうこともはっきりしなくて、ほんとにてんでんばらばらでというのが東京の百年間。

古井　ただし、ようやく疎外感というのが……何から疎外されてるかわからないし、どういういきさつで疎外されてるかわからないけど、疎外という現象があって、これがどうも肉体的にこたえている、というようなところまで来ているんじゃないかしら。だから自分の肉体から逆算して言語のことを考える時期に来てるのじゃないか。つまり言語的な疎外というのは、通り言葉として扱うならいざ知らず、ほんとに真（ま）にうけたら身体へ来ないわけないんだよね。

松浦　それはほんとにそうですね。

古井　だからそれをまた逆にとって、自分の体にいろいろ来てるものから言語のほうに逆算するってことはできるんじゃないかしら。

松浦　それが最近の『仮往生伝試文』とか『楽天記』のお仕事なんだと思うんですけれども。

古井　今どき文学上のリアリズムっていうと、まあ多少文学を考える人はまともに付き合うまいと思うでしょう。リアリズムというのは、人がどこで得心するか、なるほどと思うか、そのポイントなんですよ。つまり人は論理で納得するわけじゃない。論理を連ねてきてどこか一点で、なるほどと思うわけです。その説得点あるいは得心点ともいうべきところで、形骸化されたリアリズムが粘（ねば）るというのが、文学としてはいちばん通俗的じゃないかと思うんです。説得点にかかるところだけはすくなくとも人は真面目にやってほしい。

つまりこんな言い方もあるんです。今どき文章がうまいというのは下品なことだと。それをもう少し詰めると、感情的な、あるいは思考の上での説得のポイントに入るところで、あり来たりのものをもってくる。筋の通ったあり来たりならいいですよ。もしもそういう筋の通った「俗」がわれわれにとって、説得点として健在ならば。しかし時代になんとなく流通するものでもって人に説得の感じを吹き込む、そういう文章のうまさ、工夫、これは僕はすべて悪しき意味の通俗だと思う。これがいわゆるオーソドックスな純文学的な文章にも、ミナサンの文学にも等しくあるわけだ。これをどうするかの問題でね。

センテンスの実質と時間的矛盾

松浦　文、センテンスという概念がありますね。外国文学から古井さんもお入りになっているので、初期の小説では主語、述語、目的語、それから修飾語句のかかり具合なんかもきちんとしていた——シンタックスの中でそれぞれの単語の占める位置がはっきりしていて、句点のマルで一つのセンテンスが完結するという形で書いていらっしゃったと思うんですけれども、このごろの作品を拝読すると、センテンスという単位をもうあんまり信じていらっしゃらないような感じが……。

古井　これは最初翻訳のときから、そのことに関していろいろ考えさせられたことなのです。

松浦　たとえば、ブロッホなど元の文章自体、そういう文章、センテンスの構造性を危うくしていくような文章なのかもしれませんけれども。

古井　非常に単純なことで、日本語はマルで止まるか、センテンスがフルストップになるか、むしろマルを乗り越えてセンテンスが続くんじゃないか、そういうことが最初でした。そのうちに……どうしても僕は外国語育ちだからセンテンスという観念にひっかかるんです。それだけよけい考えたんだけど、日本語はすくなくとも近代以降充分にセンテンスであったことがあるのか。センテンスというのは判決という意味もあるぐらいで、一つの首尾一貫した、ひとまとまりの認識でしょう。そういう行き方をしているのかどうか、とそんな極論に傾いたことがあるんです。それでセンテンスは大事にするわけだけれども。

松浦　たとえば三島由紀夫の文章なんかはセンテンスでできてるわけですね。

古井　一つの認識や一つの感情が、一つのセンテンスとしてひとまず完結するという理想……。僕もその魅力には惹かれた人間なんです。

松浦　そうですか。

古井　ええ。だけど一筋縄では行かないんだな。センテンスをきちっとつくるとかえってセンテンスの実質を失うんじゃないかしら。詩人の吉岡実さんなどは非センテンス風だけど、案外センテンスがあるんじゃないですか。

松浦　そう思います。彼の詩も一行ごと飛躍があって、古井さんも連句をやっていらっしゃいますけれども、ある行が前の行にかかるようでもありまた次の行にかかるようでもあり、不思議な構造をしてますけれどもね。

古井　センテンスというのは、ことにテンス、時間的な関係をはっきりさせることが、大事なようですね。あなたがさる詩人に関して書いておられたけど、まあすぐれた詩だけれども、時間的なものが失われている、「今」と言っても、「かつて」と言っても、何の拘束にもならないと。これはいま文章を書くに際して人が共通して追いやられているところだね。物を書いている最中の目で他人の文章を読むと、時間に関する副詞、形容詞、接続詞、それから動詞そのもののテンスが、いちいち恣意ぎりぎりのところで処理されている。恣意のほうにぞろっぺについちまう人と、何とか切り抜けている人と、その辺が僕などには他人の文章を見るときの一番の評価のしどころなんです。「それから」だとか、「そのとき」だとかに、無力感がこもるのね。無力感はいいんです。むしろこの無力感がこもらなくてはほんとうではない。そのときに伝統みたいなものについて時間を処理したり、それから時間的な無差別を露呈させたり、それが問題でして……。同じ無差別でも、無差別の中でどれだけ表現が引き裂かれて、傷が癒えるように収縮したかというようなことが見えればいいのだけれど、そのプロセスを経ない無差別への身の委ね方、これは文章の力を殺ぐんじゃないかしら。これは翻訳をやった人間の後遺症かと思うこともあるのだけれども、時間的な文章の整合性というのはそう簡単なものじゃないんです。何でもない文章を書いても。多くがもう恣意にさらされてますよ。それこそ「今」と「かつて」がわからないぐらいのもので。

今ではそれがもっと実用的な文章まで及んでいるようですね。例えば、新聞の事件記事などを読むと時間がはっきりしないですね。あんなことで真相が究明されたとされたらたまったもんじゃない。じゃあ人は物をよく考えてないかというと、そうじゃなくて、欠陥は文章そのものに内在するわけですよ。いま通用の文章の中に。だけど、それじゃ現実的な時間にあくまでも即して書けばよいかといえば、それも疑問なんです。実際の時間に忠実につけばつくほど、その文章に時間的な混乱が起こるということはあるのです。

松浦　吉岡の詩については飯島耕一氏が単純過去の文体だというふうに書いていらしたことが……。単純過去というのはフランス語でいちばん現在と断ち切られた、「何々した」っていう。普通、小説の文体は単純過去ということになっているんです。「何々した」というふうに言い切ってそこで終わっているようなんだけれども、その「した」が「する」というのに近い、非常に生々しい現在の連続継起であるようにも読めるところがあって、そこが吉岡さんの言葉の魅力なんですね。

古井　僕も部類としては小説家ですよね。書いているものは小説です。その小説を書いているときに、自分の文章がもっとも不潔だと思われるのは、それが完全過去じゃないというとなんですよ。でも、ここで清潔であろうとは思いません。清潔であることに焦がれはしますけど。なるべく完全過去の形に近づけていったほうが、私の置かれた矛盾は出るだろうな、という気持です。

松浦　やっぱり矛盾はあくまで残るんでしょうか。

古井　私にとっては、やっぱり完全過去では物は書けないのです。

主語の発見からエッセイの可能性へ

松浦　私が古井さんの近作を拝読して感じる印象は、渋くなったというのとはまったく違って、むしろ何か「純粋」な小説を読んでる――。つまり小説というのは純粋状態で書かれるとこういうものに近づいていくんじゃないかという気がするんですね。それは、私小説こそ小説の本道であるというような古めかしい文壇趣味とはまったく関係ないところで受ける印象なんですけれども。

古井　私小説というのは、純粋に小説になろうとすると、小説ではない領域へ踏みこんでいくという矛盾を含むものなんですよ。

松浦　結局その矛盾そのものが小説の本質というか、その純粋状態の核心にあるものなんでしょうか。小説というジャンル自体、本来は雑駁のきわみのはずなのだから、「純粋さ」という印象が迫ってくるのは矛盾であり、また一種倒錯的な事態でもあるわけですが。

古井　根が小説家じゃないと思ってましたから小説というものに対してはずいぶん遠慮がちにやってきましたし、先人たちにも遠慮がちにやってきたんだけど、小説があるところまで来ると小説ではなくなりかかるという、そういう境目にいま興味があります。

松浦　何になって行くんでしょうか、小説を脱して……。

古井　言葉でくるとしたら、エッセイ、「試み」という言葉でしかないでしょう。

松浦　『仮往生伝試文』は何か異様な、というと失礼に当たるのかもしれませんが、ほんとに異常な言葉の連なりになっていますね。不思議なものだと思っておりますけれども。テンス、それからもう一つは主語ということがあると思うんですね。「私」という主語を置くことで小説を書きだすことができたというようなことをどこかでおっしゃっていましたが、その「私」というのも必ずしも生身の古井さんご自身とは重なり合わない主語だと思うんです。

古井　むしろ自己離れするためには一番いい人称ですね。

松浦　また、「私」じゃなくて固有名詞が出てくることももちろんたくさんあるわけです。古井さんの小説を読んでいて、主人公らしき人物が固有名詞で出てくるときにいつも何か戦慄的な印象がある。固有名詞を持った登場人物が文章中に出現するっていう言語的事態に対してやっぱり考えに考え抜いて、一篇一篇、そのつど、主語を発見して書いていらっしゃるというような感じがするんです。そのつど、新しい主語の置き方、命名のしかたを発見して書いていらっしゃるように見えるんですね。

古井　逆にいうと、そのつど主語を置くのに困るような、そんな文章の方向の取り方といえます。「私」という人称でやるときは楽なんです。それを三人称でやると羞恥心が強く働くんですよね。まるでこれこそ私と書いたような。

僕のほうから質問しますが、松浦さんのようにすぐれた認識者であって、詩人であって、散文もお書きになる方が、今いちばん何をしたいですか。書くということに限って。

松浦　私は小説を書きたいとは思わないんですけど、何か日本語でやりたいという漠然とした欲望が渦巻いているにもかかわらずそれを入れる容れ物というか、それに合う形式が発見できないというような、ある衝動はありますね。詩では必ずしも昇華できない欲望として。それが何っていうふうにはっきりとはいえないんですが。

古井　形の上で幾つも選択肢はないわけですよね。今、小説は書きたくないとおっしゃったけど、僕もそうなんです（笑）。

松浦　この雑誌の題名、「ルプレザンタシオン＝表象」そのものをめぐる欲望と言ったらいいいか。むしろ「表象」概念の隙間みたいなところに何らかの言葉の形が立ち上がってこないかという漠とした期待というか。

古井　リプレゼンテーションという言葉をもう一つ言い換えるとエッセイですよね。エセイユでしょう。僕が尋ねていることは単純なことでして、松浦さんが詩人にもかかわらず詩を書かず、学究であるにもかかわらず論評その他を控えてエッセイを書くでしょう。そのとき、このエッセイという舞台が今の世の中で唯一の舞台だっていう主張はありませんか。

松浦　私が一番この世で好きな本って何かというとモンテーニュの『随想録』、エッセイっていう題名のあの本なんですね。あれはほんとに読めば読むほど尽きない面白さに満ちた本だと思うんです。モンテーニュっていうのもほんとに変な人ですしね。それから広い意味ではエッセイストと言えるロラン・バルトという人の文章も飽きずに読み返しますが、確かにエッセイというのは非常に柔軟で大きな容れ物だとは思います。

古井　日本文学の伝統で、古来から随筆というのは得意なんですね。それから、近代になって私小説的な資質も濃厚にあるわけです。また外国のものを読んで――それが西洋のものであろうと東洋のものであろうと――地元の人間が読んでる以上に抽象的に、普遍的につかむという必然性、それゆえの訓練も積んでるわけ。そういうのを固めて生かす場所というのが果たして小説や評論や詩であるかという疑問があるんですよ。舞台としてね。

松浦　エッセイでも「私」というのはある意味では消えるんですね。つまり「私」に密着して書いてるようでもあるんだけれども、最終的には「私」でない場所に連れ出されてゆく。

古井　エッセイで、逆に「私」を生かせる人もいるわけですよ。言語的な緊張だけを旨にする場所ってあってもいいんですよね。小説とか詩とかいうのはそれぞれのジャンルへの逃げ込みがあるでしょう。

松浦　でも、そのかわりにある安定した読者層を得られるということもあるわけですけれども。

古井　もう二十年前か三十年前になるのかな、ジャンルというのは無意味だと言ったとき、ジャンルを壊すのがどれだけ怖いことかとたしなめられたことがあるわけです。それは深い認識だと思うんですよ。でも今それ言ってられないんじゃないかな。つまり表現の徳俵（とくだわら）は何かということなんですよ。

松浦　徳俵ですか。

古井　相撲のほうの徳俵。まあ押し込まれたとなれば、自分の足腰がいちばん定まる場所で踏んばるよりしようがないでしょう。そのとき小説や詩なのかしら。われわれ現在の日本人にとってね。評論に熱狂するというような妙なはやりが一時ありましたよね。だけどいわゆる随筆やエッセイに人が熱意を抱く基盤はあるんじゃないかなあ。そう思ってますけど。

松浦　兼好法師も「あやしうこそものぐるほしけれ」と言うわけですけど、エッセイというのは一種の狂気の受け皿にもなりうるわけですね。モンテーニュやバルトというのも狂気じみたところのある人です。

古井　それぞれのジャンルに即すると、いま一応崩れつつある時代なので、そこで本気に踏んばろうとする人ほど、こういう形があるという幻想にすがりつきがちなんですよ。それが有効な境にまだあるのか、それを超えているのかというのはちょっと疑問なんですよね。だけど言語的な緊張の場ということで、「散韻文」の舞台というのはないものかなと僕は久しく求めてる。

松浦　私もほんとに何か渦巻いている衝動はあるんですけれども……。それをぴたりと収めてくれる形をまだ発見できないし、それからそういう不安定で曖昧な衝動を、うまく陽の当たるところに引き出してくださる編集者もいないなあと。

古井　なにか日夜、寸法の合わないベッドに寝てるようなね。

（「ルプレザンタシオン」一九九二年春）

身体を言語化すると……

養老孟司

養老孟司（ようろう・たけし）　一九三七〜

解剖学者。神奈川県生まれ。医学博士。東京大学教授を経て同大学名誉教授。

解剖学を土台に宗教、文学、文化論などひろく評論活動をおこなう。『からだの見方』（サントリー学芸賞）『解剖学　人体の構造と機能』『唯脳論』『カミとヒトの解剖学』『解剖学教室へようこそ』『日本人の身体観の歴史』『身体の文学史』『臨床哲学』『ミステリー中毒』『「都市主義」の限界』『バカの壁』（毎日出版文化賞特別賞。題名の「バカの壁」は新語・流行語大賞を受賞）『いちばん大事なこと　養老教授の環境論』『私の脳はなぜ虫が好きか？』『無思想の発見』『養老孟司のデジタル昆虫図鑑』『養老訓』『考える読書』『虫の虫』『神は詳細に宿る』『ヒトの幸福とはなにか』『生きるとはどういうことか』『時間をかけて考える』など著書多数。ほかに対談集、編著、共著、翻訳が多数ある。

昆虫採集の愛好家としても知られる。

養老　『楽天記』、ゲラで読ませていただきました。テンポが一定して、それに合わせて読まなければならないので、読むのにかなり時間がかかりました。

古井　私なりのテンポにまずつきあっていただくつもりで書いているのですが、本になってから読むと、我ながら独特のテンポだと思います。自分としてはゲラの段階で読んだときが、一番生き生きと読めます。ゲラにはまだ原稿用紙の感じが残っていますから。

養老　ずいぶん楽しんで読ませていただきましたよ。

古井　ありがとうございました。対談が始まったら、まず最初におことわりしておきたかったのは、養老先生が解剖学とは何かと質問されるのを恐れているように、この作品は、小説かエッセイかと質問されるのを恐れているということです。その問題だけはご勘弁ください（笑）。

養老　そういう質問はまったく思い浮かばなかったですね。小説とはこういうものかと思って、講義を受けているような感じで読んでいました（笑）。

古井　私も他のジャンルに関してはそういう態度でおります。

養老　小説というのはああいうものではないのですか。

古井　どうもね、ストーリーらしいストーリーもないし。

養老　ストーリーのない小説もずいぶんありますよ。

古井　心境小説ですか。私の場合はそんなしっとりしたものでもなくて、フィクション化されているような、いないような、随筆であるような物語であるような。

養老　ストーリーを追っていく緊張感で読ませる小説という立場からすれば、たしかに小説ではないかもしれない。でも、エッセイといってもいろいろあるのでしょう。エッセイだとどうしても理に落ちるところがある。この作品の書き方はそうではない。

古井　実は、小説としてはやらないこと、あるいはやってはいけないことを結果的に一つやってしまっているのです。小説的な構築のほかに、連載ですので、そのときの自分の心境を同時間的に取り込んでいく。そうしたら、思わざりき、自分の病気の進行をたどってしまうような結果になってしまいました。

養老　同時代的といえば、日航機事故のことなど、その時々の社会的な事件も挿入されていますね。

連作という形式

古井　この作品は、連載というより連作という気持で書き出したものです。どの一編もそれなりに完結しているものとして読んでいただけるようにと。書き手としても読み手の忙しさということが、つい考慮に入ってしまう。私自身、人さまの連載を一貫して読んだことがないものですから。

養老　私は新聞小説は嫌いで読まないのです。なぜかといいますと、ちょん切れるから。あの長さで切られたのではたまらない。いくらなんでも百メートルは走らせてほしい。十メートル走っては止まれでは、たまらない。

古井　明治の人の新聞小説はちょっと違うようです。どの一回分だけ読んでもいいように書いてありますね。あの手法が日本の小説にずいぶん残ったのです。長いものを書くけれども、あるところだけ読んで、途中でほっておいても構わない。

養老　それはぜんぜん気づきませんでした。連作形式をとると、作品を書く上でかなり違いがありますか。

古井　違います。この始末は次回に読んでくれというわけにいかないものですから、短篇の手法が入ります。

養老　『楽天記』で大変だったのはそういうところだったんですね。でも切れはいいですね。一つ一つぽーんときれいに切れている。

古井　きれいに切れなくなると、破れが出て、それが展開になったりしました。

気になるタイトル

養老　なぜ『楽天記』というタイトルをつけられたのか、たいへん気になったのですが。

古井　さしたる考えもなくつけたのですけれども、結果として予言どおりになってしまいました。

養老　はじめから意図されたことではなかったのですか。

古井　後天性免疫不全という言葉を頭の中で転がしているうちに、楽天性免疫不全という駄洒落が思い浮かびまして、この小説の雰囲気と何かつながるものがあるのではないかと思ったのです。

養老　論理的ではないけど、小説の全体を象徴している。それが文学というものなんですね。

古井　字義どおりの楽天をおもしろいと思いまして、悲観を表現するのがどうやら一般的のようですけど、楽天というものの際どさが表現できないものかと考えたわけです。

養老　だから病気のこととか、人間の生死のこととか、扱う題材はけっして明るくないのに、うっとうしくない。うっとうしいのはかないませんからね。

古井　年の功でしょうか、私もうっとうしいところから逃れられるようになりました。二十何年間、我ながらうっとうしいと思いながらやってきましたが。

登場人物を絞る

養老　『楽天記』の登場人物はほとんど三人ですね。古井さんの分身と思われる柿原、柿原をときどき訪ねてくる関屋青年、それと柿原の旧友の奈倉。

古井　そうです。

養老　その辺は、小説を書く上でどうでしたか。

古井　一人登場人物を増やすと、扶養家族が一人増えたような具合で、その分だけくたびれるのです。小説を書き出すとき、自分の心身の状態、それに収斂的なものを狙うか拡散的にもっていくかという欲求のあり方で、登場人物を決める。三人がせいぜいか、五人ぐらいでももつか。小説を書いていて一番幸せな状態は、勝手に登場人物が向うからやって来て、多少いいことを言ってさっさと消えてくれる、かすめて去ってくれることなのですが、『楽天記』では、ついにそういう好運は訪れませんでしたね。

養老　この作品では、紐でつながっている人は別にして、独立の登場人物が三人ですから、読みやすいし整理もしやすい。あれ以上錯綜すると、読む方の体力もあるだろうし、読みにくくなるかもしれない。

古井　今ごろになって気がついたのですけれども、ギリシアの古典劇でも、舞台に上っているのは二人か三人なんですよ。

養老　その辺が限度なんですかね。

古井　当時としては、そうだったんでしょうね。役者も二人か三人です。現在の小説にも、基本的にはそんな数の制約はあるのかもしれません。

養老　一、二、三、後はその他大勢。

古井　その他大勢役の人物を小説の中にうまく導入できるかどうかで小説の進め方が楽になったり、苦しくなったりする。

養老　この小説の筋を話せと言われると、ちょっと話しにくいけれども、出てくる人物は、ある、はっきりとしたつながりをもっている。

古井　そのつながりの中で、だれが死ぬかということだけは決めていなかった。

養老　それではまさに自然死ですね（笑）。

古井　作中で人を殺すと罪が重いよ、とよく言われるのですけれども、今度ばかりは死んでいただきました（笑）。作品を書いている途中で旅行をしたら、どうもこの人には亡くなっていただかないと困ると思った。
養老 作品でも旅行中に死んでいる。
古井 それでもやましいので、関屋青年に大分荷物を預けている。柿原と関屋青年の関係は落語によく出てくる、一応哲学的なことを言うけれども、口から出まかせの説明をする隠居と八つぁん熊さんの関係に似せてある。ベニラボウナマラとかいう心学のご隠居ですか。

論理からこぼれるもの

養老 柿原の病気は外科的なものなので、極めてわかりやすくて、内臓の病気みたいにぐちゃぐちゃしてないでしょう。
古井 物理的な故障、パイプがつぶれたようなもので、故障箇所の映像を突きつけられると文句の言いようがない。病気の構造は一目瞭然なので、しかたなしに、それではどういう原因でこういうことになったのかと訊くと、それはおまえのせいだと言われるだけで……(笑)。
養老 厳密にいうと、たしかにわからない。起こってしまった結果がわかるという点では、歴史みたいなものですからね。ですから初めから説明を放棄している。事実は事実として孤立したままわからないことが、この世の中にはいくつもありますよね。そうした意味のわからない事実を拾ってくるというのが、実は一番楽しい。

古井　論理には組みこまれないもの、論理から葬り去られたものですね。

養老　私は古い文献が好きなのですけれども、そうした文献にはおもしろい事実がいっぱいある。ところが、論理性がなく、ほかの事実との整合性がないから、そういう事実は教科書では、すべてカットされる。たとえば、とても象には見えませんが、ハイラックスという象の親戚だと言われているイワダヌキがアフリカにいます。その動物には盲腸が二つあるのです。そんなことは教科書には書いてない。そこで突然ハッと思うわけです。盲腸はなんで一個なんだろうと。一方、モグラの仲間には、盲腸のない種類もある。無いのがあって一個のがあるから、二個のがあってもいいのだという気になってくる。そうした疑問をどんどん追究してゆくとおもしろい。

古井　一個と二個とでは、論理上の隔絶があるわけですか。しかし無いはずのものが現にあるというのはおもしろいですね。小説は断片を寄せ集めたようなもので、別にシステムがあるわけではないけれども、シンタックスはあるわけで、文章をきちんとするために落ちてゆく断片というものはずいぶんありますよ。

養老　それが言葉が本来持っている性質ですね。

古井　ですから、文学では一応表現し切ったところで嘘になる、どんでん返しが原動力になるのではないでしょうか。その手前ぐらいでおさめるのが賢いのでしょうが。

養老　その落ちるということに非常に興味があるんですけど、どうされますか。たまってきませんか。

古井　たまってきます。たまってきたものが、また一つのシンタックスをなしてくるわけですけれども、そうするとまた落ちるものがでてくる。

養老　われわれの仕事の場合も同じなんですよ。そういう作業の繰り返しですね。論理化しようとしても、必ずこぼれ落ちる部分が出てくる。落ちる部分を丹念に拾ってゆくと、別の視点が生まれてくるわけです。

古井　論理化されても無意味なこともありますね。

養老　そうです。つまらなくなってくる。

古井　同義反復みたいになって。

養老　言語表現の場合、こぼれ落ちたものをまた別な体系のもとにまとめる、そういう作業の反復でしょう。

古井　本当はそういう作業を意識しないでやるのがいいのですが、私はどうしても意識するタイプなものですから。

文学に表われた身体

養老　日本文学で身体を扱った作品はかなりある。たとえば、芥川龍之介の『鼻』。あの作品は題材を『今昔物語』からとっているわけだから、とてもモダンといえるものではないけれども、大正時代にあのように身体を扱うとモダンな感じがする。その芥川から大分経って、今度の『楽天記』を読んでいると、身体の扱い方という観点から見ると、その前の時代に逆にもどっているような気がする。ある全体的な世界の中に身体が位置づけられている。

古井　日本文学の中で、病気ということではかなり身体性ということをよく表現していますが、それ以外でも表現しようとすると、なかなかむずかしい。

養老　徳田秋声の作品には、痔の手当てをする場面が非常に直接的に出てきますね。

古井　ピンセットの先がかすかにでも触れると、おお痛い、と叫ぶとか。手術の場面では、真紅に咲いたダリアの花のように、とかありますね。身体のことは、描写はともかく、論じてはいけないというタブーのようなものがあるようですが、『楽天記』では、身体に関して描写以上のことをちょっと論じてみようと試みてみたのですが。

養老　実は、身体の言語化という側面から、おおげさに言ったら日本文学を全部一回洗い直してみようかなといま思っているところなんです。たいへんな作業でしょうが、いくらでも材料がころがっているような気がする。

古井　小説で身体のことを語ると、工夫をしないと、どうしてもうっとうしくなる。『楽天記』はその工夫で成り立ってる小説ではないかと思うのです。どうしたらうっとうしくならないで、ある程度まで話せるか……。

養老　一度総ざらいするとなると、これはもうたいへんな量になってしまいますね。

古井　集約的にある作品に出てくるといいのですけどね。

養老　たとえば、夏目漱石の『こころ』には、典型的に身体について触れられていないですね。まさに「こころ」の世界ですから。漱石はどういう世界に住んでいたかというと、基本的には江戸の世界に住んでいるわけです。江戸の人間が西洋を見ている。そこでは、身体というのは非常にはっきりした暗黙の位置づけがあって、したがって表面に出てこなくていい。古井さんの書かれた身体は、私からみると、そちら側に寄っている。その中で収めようとしているようにみえる。それに対して、芥川の場合は、意識していたかいないかは別にして、身体が勝手に動き出すところを取り上げていったところに特徴がある。これは古いタイプの、つまり江戸以前、まさに平安期からの日本人の身体の見方です。その見方が戦国時代まで続き、行きつくところまで行ってしまって、それを放棄したところから、漱石型の世界が、江戸何百年をかけてできてくるわけです。ところが、戦争の影響で、肉体が直接出てきてしまったので、今はまた逆の方向に動いているような気がするのです。

古井　日本が近代に入っていく江戸時代には、個人レベルでは許されていましたが、あるいはエロティシズムなら盛んだとも言えますが、まともに身体的なものの表現は抑えられていたと言っていいと思う。漱石の場合も、ある部分に身体的な表現がありますが、私的なこととして控え目に表現されている。しかし現代は、私的ではなく肉体を扱う時代がまた巡ってきたのではないかと思うのです。いっとき、肉体というと性に結びついてしまったことがありましたが。

養老　キリスト教が入ってきた影響もあるのでしょうが、明治時代から肉体が性のほうに引っ張っていかれていたことはある。たとえば、徳冨蘆花。

古井　性につくか、グロテスクにつくものですね。谷崎潤一郎は晩年になって、『瘋癲老人日記』で、身体というものを実につぶさに描いている。でも、マゾヒズムのグロテスクという方について描くわけです。また、人にもそうとしか受け取られない。

養老　私は谷崎を読んでいると、身体の印象はないんですね。『春琴抄』でも、わざと目の見えない人を主人公にもってきている。

古井　『瘋癲老人日記』になると、主人公の屋敷そのものが病院みたいなもので、関心はすべて身体にきている。すべてがいわば、主人の年寄りの病気に仕えている。でも読者は、病や身体ということより性として受け止めました。

養老　あれはフーコー流に言えば、一種の装置で、性の方にもっていってごまかしている。

古井　あるいは、表現上のことですけれども、身体を表現するには超身体を便宜上にでも、一方に出さないと浮き彫りにできないのではないですか。メタフィジックなものをどこかにもってこなければならない。私の場合も、西洋の中世的なものをもってきて、それで身体を照らそうとしたわけですけど。今度の小説の前に往生伝を扱った小説を書いたのです。日本の中世説話の中には身体的な話題がごろごろしている。それに頼れば、現代において身体的なものを書く不安定さは、まことにうまく免れられた。『楽天記』ではそれに頼らずにやってみようと始めたわけですが、ずいぶん難儀なことを始めたなと当初は思いましたね。

養老　それは充分感じられました。

（「波」一九九二年三月号）

小説・死と再生

大江健三郎

大江健三郎（おおえ・けんざぶろう）一九三五～二〇二三

小説家。愛媛県生まれ。東京大学文学部卒業。

大学在学中の一九五七年、「奇妙な仕事」が文芸評論家平野謙に高く評価されたことを契機に「死者の奢り」など文芸誌で短篇小説を次々発表する。五八年、「飼育」で芥川龍之介賞を受賞。海外での翻訳出版を通じ、小説の方法に自覚的であり日本文学を最先端で牽引する存在として世界的に認知され、九四年、ノーベル文学賞受賞。また、戦後民主主義者を自認し、日本国憲法擁護や核兵器廃絶などへの立場は鮮明だった。

主な作品に『芽むしり仔撃ち』『個人的な体験』（新潮社文学賞）『ヒロシマ・ノート』『万延元年のフットボール』（谷崎潤一郎賞）『沖縄ノート』『みずから我が涙をぬぐいたまう日』『洪水はわが魂に及び』（野間文芸賞）『同時代ゲーム』『「雨の木（レイン・ツリー）」を聴く女たち』（読売文学賞小説賞）『新しい人よ眼ざめよ』（大佛次郎賞）『M／Tと森のフシギの物語』『懐かしい年への手紙』『人生の親戚』（伊藤整文学賞）『治療塔』『静かな生活』『僕が本当に若かった頃』『あいまいな日本の私』『「燃えあがる緑の木」三部作』『宙返り』『「おかしな二人組（スウード・カップル）」三部作』『晩年様式集（イン・レイト・スタイル）』などがある。

古井　私は内向の世代の一人といわれていますが、内向の世代というのは七〇年ごろ出てきた一群の作家たちで、当時、「難解」という非難を向けられた。はっきりいえば、特に私に向けられていたと思います。私自身としては、自分が抱え込んだものの中から、できる限り明快に、律義なぐらいに書いているつもりで、難解という非難をこうむるのは、未熟のせいもあるけれども、不本意であったわけです。

ところが、長いことたっていろいろ考えてみるに、ちょうど外国で先行したヌーボーロマン、アンチロマンに照らされて、言語の解体から新しい言語の現実を生み出す、そういう気運があり、新しく出てきた作家にそれを期待する気持もあったのだと思うのです。言語を解体させて、しかも新しい生命を吹き込む。その期待がどうも満たされなかったので、そのふんまんが「難解」という非難になって出たのじゃないか。

明快ということも、できる限りそのように努めてきたのですけれども、やはり難解さを踏んでここまで来たように思います。

今は、言語の解体という境地までどれほど至っているのか、次にどういうものを打ち出せるかということに関して、反省も感慨もしきりで、大江さんにお手伝い願って、いろいろ想念を引き出させていただければありがたいと思います。

大江　『仮往生伝試文』や『楽天記』にくらべればやさしいといっていいかもしれない、郊外に住んでいる若い夫婦のことを連作でお書きになった『夜の香り』が、これまた秀れたものだった。それらの総体として、古井さんの作品は明快で難解だというふうに僕は思います。

文学は言葉で書かれる。僕たちは、言葉のかたまりに向かっていく。その道筋が難解でも、ついに明快に、確実に、ある言葉にたどり着くことができれば、愉快な気がする。

明快な言葉がどうして難解になるかというと、言葉がその人自身の形を持っているからだと思います。逆に、難解でないものは、しばしば説明的で、形がない。説明的と明快さは違います。むしろ「明快」な言葉の反対に「説明的」な言葉があります。説明しようとする「ディスクール」、英語でなら「ディスコース」というものがつくられて、読者と著者の間に共有されるとき、難解さはなくなる。しかし、形ある言葉は消えてしまう。明快な言葉がなくなってしまう。

言語の解体がいわれたとき、それは、ある時代の文学がつくり出した読者と作者との間のディスクールを打ち壊して、別のものをつくろうということであったと思う。一方で、もともと説明しようと思わない人間が書いているものについて、言語の解体といわれても、それは議論が触れ合うことにならないと思います。

さて、一番はっきりと形を持っている、明快でかつ難解な言葉はどこにあるかというと、やはり聖なるものではないでしょうか。そう感じていながら、僕は聖なるものについてよく知りませんが、明快なある形を持った言葉があって、人間のある一瞬の命のようなものとしてやってくる。あるいは一瞬の天光のきらめきのようなもので、それは二度とあらわれないし、ほかの言葉に置きかえることはできない。しかし、そういうものは確実にあって、それがある人々に共有されていることを感じることがある。井筒俊彦氏のイスラムについての本を読むと、そう思います。

井筒先生は、僕たちイスラムに関係のない人間に、イスラムで、ほかのものが存在しない絶対的な一からどのように多数ができ、現実世界ができたか、つまり神から我々の現実世界ができてきたかということを説明しようとする。そのはじめに示されるイスラムの神秘家の言葉は、実にしっかり形を持っていて、非常に難解です。一生かけても、それを自分のものにできないとわかるように思う。しかし、明快であることは明快なわけです。そこに向かってどのように入っていくか。それはどうも信仰じゃないかと思いますが、それなしでいる人間にも、井筒先生はずっと説明されている。

イスラムの思想の一番根柢のところで、説明しがたいものを説明している人のことを、また説明していらっしゃるのだけれども、それは明快な難解さです。

このところ、古井さんの小説でとくに明快な難解さが表に出てきた。『楽天記』は、それを何度も何度も予行演習しておいて、最後に読者をそこに到達させるように書かれているのじゃないかと思います。

その点、僕の小説は説明しようとしているところがあると思います。僕のポジションは、基本的に、地の文章には説明的な明快さを取り入れて何とかしようとしているということです。その中で、幾つかほかの言葉に置きかえがたい明快さの難解な言葉を示したいと思っていますけれども、それは小説の一部分で、エクスタシーの部分とでもいいますかね。ところが、古井さんの場合は、すべてそれでいこうとしているところがあるのじゃないか。それは非常に実のある難解さで、そういうことを感じ取っている若い読者はいる。例えば高橋源一郎さんがあなたのことを書いている文章を見ると、この人は深く感じ取っていると思います。

昨年、機会があって、フランスであなたの小説を翻訳した本を読んだのです。二つの小説が含まれていたわけですが、おもしろいことに、翻訳の質にいくらかばらつきがあって、『杳子』はじつにいい。まず難解だけれども、形を持った日本語をどんどん解体して、意味を全部フランス語に移してしまう。そうすると、すっかり違ったものになります。例えばダンテの『神曲』は、シングルトンという信頼できる学者が散文訳していますが、あきらかに別のものです。さて、違ったものに今度は文体をあたえる目的でフランス語として再構成していく。そうすると不思議なことに、明快である難解さ、ある形というものが出てくる。古井さんがフランス人だったらこういうふうに書いただろうなという感じのところすらありました。

古井　私が小説家になる前にやっていたこと、つまり翻訳を、今私の小説に関して人がやってくれる。私の訳したムージルについても、いまだにドイツ人がこんなものよく訳したなというんです。ドイツ人ですら明快な理解の形式へ持っていけないものを、どうしてこれだけかけ離れた言語で訳せたかと。私自身、翻訳をやっている当時にそう思いました。

まず原文をニュートラルにする。ニュートラルにすると、おのずから解体が起こる。そのときに、ドイツ語の時間に即した解体もあるみたいですが、それを日本語にすぐ組み立てられるとはとても思えない。けれども、原文から離れてもいいから、解体した素材で日本語を組み立てていく。そのとき、僕が自由にできる日本語ではだめなんです。

自分のものでない日本語、古人たちの日本語をかなり援用して、何とか組み立てていく。似ても似つかぬものにしているのではないか、そういうおそれに途中ずっと責められて、終わったときもそういう気持でした。

ドイツ人がこれをまた直訳して読んだら、似ても似つかぬものと思うでしょうけれども、しかし訳し終えてもう一遍読むと、ムージルのスタイルになっている。そういう苦労をしたのち、僕はこちらの道に迷い込んできたわけです。

難解そのものが明快ということはない。けれども、明快そのものは難解である。そういう境地を目指してきてはいる。明快そのものは難解だ。それには当然後段があるわけで、それが大勢の人間と共通なものになるか、通底するか、その問題なんですね。

私という人間の形がプリズムとなって、明快かつ難解に光る。最後はそうなるのですけれども、私という個別が単なる個別に留まったら非常に苦しい。個別の中に類型が映ってくれれば、人と折り合える。

私も、かなり文脈を壊していくというか、飛躍した文脈をつくっていくたちだけれども、それが社会全体にある広い意味での文脈の中に位置してくれれば、いかに難解であっても人に受けとめられる。しかし、社会全体の文脈の中にあるのかどうか、これは書いていてなかなか判断がつかない。その都度やみくもにやってきました。

それで、大江さんと大分時差があるようだけれども、私もこの数年、説明ということに新鮮な興味を持ち出しました。説明というものも一つの創造に近いものではないか。適切な安定した説明ができる時代じゃない。社会全体の文脈もしっかりしているわけじゃないし、伝統も揺らいでいる。そこで、新たな気持で説明していくのは、一方で、明快そのものが難解の光を発するのと同じぐらい、ちょっと言葉は軽くなりますけれども、おもしろいことじゃないか。

僕も説明というものを随分断念してきたと思います。説明も自分なりの説明ですから、弁明やディスクールまでいかなかった。あるいは、僕などもこれから、説明の工夫をする過程で案外小説らしい形が出てくるのじゃないか。そんなことも思っています。

魂という楽器を鳴らす

大江　森有正さんがずっといっていられた「定義する」という言葉があります。実際に彼が定義について書いた文章を読むと、説明しようとしていられるんです。できるだけ正確にうまく説明する。

これは健常な方の子供ですが、かれが小さいころに、自分の欲しいものについて、名前を知らなくて、僕に説明しようとする。小さな器械だったりする場合もあるし、動物だったりすることもある。そのうち、非常にうまい絵描きが一筆で描いたデッサンのような感じで、うまい説明をすることがあった。

定義としての説明は確かに文学の一つの形で、キリスト教にしても、イスラムのものを読んでも、説明しがたいものをどのように説明するかということに努力が払われている。しかしそれは、本当にわかる人々には要らないことだろう。聖書や『コーラン』が、たとえ話を随分するでしょう。あれはだれのためにしているのだろうと思います。

古井　直弟子たちには、おまえたちのために説明しているのではない。一般にたいして、わかる者にはわかるように、わからない者にはわからないように、説明しているんだということですね。

大江　そのように本当にわかる者がいて、かれらは共有しあっている。最後は、言葉なしで共感し合うというか、一種のエピファニーがあって、それで理解されるけれども、それと別のところで、じつに熱心に説明されている。とくにイエスは説明することが非常にうまくて、たとえ話がうまい。そういうことと文学とはどうも関係があるということが一つ。

もう一つ、社会の文脈ということがおもしろいと思いました。言語学的にいうと、僕たちが話す言葉が通用するのは、社会にあるラングが共有されていて、ラングの海のようなものがあるから、僕たちの言語作用がちゃんと理解されるわけです。

けれども、百科事典や大きい字引が社会の根柢にあって、誰もがそこに立っているというふうに、ラングをニュートラルに考えるのは、間違っているだろうと思うんです。僕たちはある限られたラングに立って話し、書いているのじゃないか。ある限られたラングというのは、社会のある特定の層に確実にあるものです。地面の中を掘ると、例えば鉄の層があったり、銅の層がある。そのように狭いけれども確実な層のラングで、文学は書かれている。それが、あなたがおっしゃった「文脈」ということになるのじゃないか。

それは個人的なもので、しかも、そこに普遍が顔を出すようなものである。文学はそれに根ざしてつくられていると思いますね。

僕は伊東静雄という人の『鶯』という詩をずっと昔から暗記してきたのに、間違って理解していたことを、数年前、杉本秀太郎さんの本を読んでいて理解したことがありました。

人間の魂の中には自発するものはなくて、外側にあるものがそこで楽器を鳴らすようにした音を魂が記憶する、それが人間における表現というものだということを伊東静雄が書く。ところが僕は、そうじゃなくて、個の魂はなく、共通の魂というものがある、と考えていた。

それがずっとこのところの宿題だったんですが、今度自分の息子の音楽のCDをつくって、演奏会を開くというので、息子の音楽を毎日聞いていると、どうも普遍的なものがあって、息子の魂という楽器をひたすら鳴らしているという感じが強くする。あわせてこちらはその音を聞くことができるし、それに深く共感することもできる、と納得したのです。

そういうことを一般的に広げていけば、個と普遍との関係がくっきりするかもしれない。文学も、自分の中に自発するものというよりは、自分に訪れたものが鳴らした言葉を記憶して文章に書いた、ということにすればいいだろうと思うんです。

古井　作家が器としてパッシーブになる、楽器になる。これも、僕らがしきりにこがれる境地ですね。パッシーブというのは、パッション（受難）に通じるわけです。しかし、それはなかなかきついし危ない。それを耐え忍ぶにしても、自分が器としてよこしまなところはないかという反省もあるわけです。きれいに受けて鳴り響かせたかもしれないが、歪んだ、よこしまな音楽を再現してもいるのじゃないかと。

それでも、器ということに関しては、文学は性善説じゃないでしょうか。よこしまじゃないかという猜疑にこだわる限りは、どこかで文学をやめなきゃなりませんね。

大江　よこしまな言論というものはありますが、よこしまな小説というのは僕は余り知らない。

古井　そうですね。深夜に一人で酒を飲んでいるとき、なるべくよこしまな器になってこうと思って、いろいろ悪い音を響かせていますけれども（笑）。

大江　それは悪意みたいなものかもしれないな。僕が学生の頃にはじめて酔っ払って、自分の中に発見したのは悪意でしたね。自分は悪意だけを頼りに世界に立ち向かおうとしている人間かと思いましたよ。それはそれとして、文学の場合は、セリーヌみたいな性格の人ですらも、悪意で小説を書くということはないと思うな。

ただ、あなたの小説を読むと、人間はよこしまな器じゃないかと疑う、不安に感じることがある。『楽天記』の中で、旧約の言葉をヘブライ語で思い出しますね。

古井　「マーゴール・ミッサービーブ（周りに恐怖あり）」。

大江　次第にあのヘブライ語が本当の音を響かせる瞬間がある。小説の最後に来ると、あの音は完全に聞き取られているという気持を持つ。それも人間的な意味の深みにおいて。よこしまなものから本当の文学に至ってゆく過程をうまく表現されていたと思います。

古井　よこしまであるから、やがては汝の周りがすべて恐怖になるだろう。汝の知人、友人にとって恐怖であるのみならず、汝が汝自身にとって恐怖になるだろう。これは呪いなんです。

呪いの言葉は、呪いで終わる場合もあるけれども、本来最後に救いを想定する呪いならば、それが相手の認識を促して、最後に認識になごませるものが含まれているはずです。周りは恐怖だという事態を本当に想像すると、大江さんの言葉を使えば、恐怖に取り囲まれたときの一つの祈りを含む言葉じゃないか。そんな感じまでようやく至った。

とにかく自分としては馴れない想像だけれども、ああいう言葉を投げつけられたらどういう気持になるか、そこから始まったんです。

大江　せんだって上智大学で門脇佳吉という学者の神父様に招んでいただいて討論したときに、先生は聖書の同じところに即して語られました。例えば「娼婦と結婚する」という言葉がありますでしょう。僕たちキリスト教の外側の人間は、「娼婦と結婚する」という言葉を見ると、まあ比喩として考えます。ところが、門脇神父のようなキリスト教の専門家は、それをそのとおりに読み取られるんですね。

本当に娼婦をやっていた人物がいて、その人と結婚するというのはどのようなものであるか、具体的にどのような不都合が生じ、どのような恐怖があり、どのような喜び、魅惑があるか。しかも砂漠の中で。すべて具体的にとらえていられるわけですね。

古井　信仰がある人は当然そう読むでしょうね。最初から比喩としてつかまえると、それなりの意味の深さへしかいかないんですよ。自分の常識にさからっても、神殿にいる娼婦をめとって、子供をなす、そういう現実の方へ想像を持っていかないと、読んでいて追い詰められない。比喩としてとってしまうと、エホバの弾劾がいかに激しくても、こたえない。しかし、仮にしても、娼婦をめとった立場で読むと、いっていることが一々こたえてくるんです。

大江　僕はオペラが好きなものですから、マリア・カラスの『メディア』からさかのぼって、ギリシャ悲劇の『メディア』も読む。そうすると、呪いが、呪われた人にとってどんなに親しく重要なものかという瞬間もあることを感じます。

古井　そうですね。

大江　それはパシオンということでもあるかもしれませんけれども、呪いによって人が滅びてしまう。例えばお前は海に沈んでしまうだろうといわれて、海に沈んでしまっても、あらためてそこから浮かび上がってくるということが、それこそ和解というか、認識、啓示というか、そういうものとしてある。どうもそれだけ大きい認識、大きい啓示に、呪われる側から加担する人物も大きい人物だという感じが僕はするんです。

古井　呪われているというのは、見捨てられていないしるしだそうですね。カフカの小説は、呪われているのか、見捨てられているのか、その境目の孤独のように僕には読めるときもありますね。だけど、あの明快さは、呪われているという確信の明快さでしょうね。それがあの小説の骨である。時々ただ見捨てられているんじゃないかという荒涼さが出ますけれども。

小説を書くという罪

大江　『楽天記』を読んで短い批評を書きながら、そのときに触れられなかったところで、心に残っている部分が幾つもあります。

一つは、「夢のように太い馬」の輓曳（ばんえい）という競馬を北海道に見に行く章。あの章は重要だと思います。この小説の中で結局は実現されなかったあるプログラム、思想に近いプログラムがそこに顔を出しているという感じがあります。

読み終わると、それが小説全体の豊かさということになりますけれども、人が目の前に光る石を置いて、というのではなくて、そこに大きい鉱床みたいな埋没しているものの塊があって、その上のところをどうしても手で掘って見ておかざるを得ない、という感じで小説を書いていられると思うんです。そのようにして、進行していきます。それは明快にそこに実在しますが、難解ではありますね。

古井　それに感情表現をできるだけ構造性へ煮詰めてインプットするのだけれども、果たして作品の中で、そのインプットされたものが鳴り響いてくるかどうかわからないというやり方でやっているので、余計に難解になりますね。私にとっても難解になってしまう。

大江　この間、南アフリカの女流作家、ナディン・ゴーディマの短篇選集を読みました。ペンギンブックス版ですが、彼女はその序文で、小説家は失敗した作品、中絶した作品、書いたけれどもうまくいかないような作品をふくめて生涯に様ざまに書くという。その中に、今いわれたインプットされたものが荒野の石のように累々と横たわっている。そしてそれらのインプットされたものすべてが、死ぬ前にその作者において完結するのではないだろうか、という意味のことをいっています。楽観的な、幸福な考え方ですけれども、僕は自分でもちょっと呆然としたほどその考えに引きつけられました。

小説を書いて他人に読んでもらっている。しかし、死ぬ前くらいはすべて自分のためにやりたい。そのようにすると、自分が小説を一生ずっと書いてきたことに意味が生じて、それをだれにも明かすことなく死んでいくということになるのではないか。現にもう死のうとしているのですから、明かすことはできない。

それは気が違っている状態かもしれないけれども、おそらくやりがいがある状態で、自分が今までインプットしたすべての難解さをいちいち明快なものとして自分の中で受けとめて死ぬ、そういうことをナディン・ゴーディマはあらかじめ感じ取っているのではないだろうかと思いました。

古井　あるいは、こんなふうにも夢を見ることがあります。

いよいよ最後のとき、私自身の中に私の力でよみがえるのではなくて、私が作品の中で書いた虚構の人物が、その間にどういういきさつをとるか知らないけれども、私の難解なものをうまく再現してくれて、その旋律が流れるのを私が聞きながら死ぬ。そのために、いろいろな人物を不十分ながら作品の中につくるのですから。

僕が虚構したものながらいささか超越的な人物が作品も超えて生きながらえ、莫迦がつくった結び目だけれども、ちょっとほどいて、死ぬ前のあいつに見せてやろうかということをおのずからやってくれるといいと思う。

大江　僕は子供のとき、人間は本当に罪を犯すのだろうかという単純なことをずっと考えることがありました。何年かごとに心配がつのって、自分は修道院か何かに入った方がいいのではないかということを考えたりもしたのです。

例えば、罪人のことが書いてある本を読むと、これだけの罪で本当に罪人なのだろうかと思う。人間はもっと恐ろしい罪を犯すのではないか。その気持と矛盾するようですが、人間はどのように複雑に、どのように長く生きて、こういう罪を犯すことができるのだろうかということを思ったものです。

君たち、注意しないと罪を犯すぞといわれたりすると、罪を犯さない方がやさしいのではないかなと思ったりして、探偵小説は、罪を犯す人間のことを知りたいと思って読んだ。

ところが、小説を三十年も書いていると、そういう形で、自分が罪の中に入り込んでいるという気持があります。自分も小説を書くことにおいてすでに罪を犯している。だれに対して罪を犯しているかというと、自分自身に対してかもしれない。そのようにして自分が小説において犯している罪のことを考えると、その書き手として生きてきたという気持はあるんです。

同じことを他の作家の新しい小説を読みながら感じたのは、古井さんの『仮往生伝試文』。とくに最後のところに僕は引きつけられた。川崎かどこかの具体的な空襲のシーンがあって、最後のページをめくると、暗い川のようなところに向こうむきに人々がいる。その後ろ姿があって、声をかけあったりしている。来迎図の逆みたいな感じの、つまり、暗闇で悪しきものが向こうを見ている来迎図。

ああいう人々のことを、自分も小説の中で書いてきた。ああいう人物を一人一人つくってきたという気持を持つことがあって、かならずしも罪という言葉は妥当でないけれども、それがともかくも自分の職業に充実感を感じるひとつです。

古井　僕は罪に関してはこんなイメージを持っています。

人は何をやっても、やった後からその行為が黒々とした罪になる。だけど、いつもその黒々としたものから、無垢のごとく抜け出てくる、その連続だと思うんです。これもまた罪なのかもしれないが、とにかく、人はそうやってその都度救われて生きていると思うんです。

ところが、文学者、詩人、小説家は、その罪から常に無垢になって抜け出てくるという人生の反復に異議を唱えるわけではないけれども、少なくともその仔細を書きとめようとする。すると、書くことによって罪が固定する。無垢になって抜け出てくるようなところはめったに書けるものじゃないから、負債ばかりやたらにふやす生涯をしていることになる。これを最後に何とか清算したいという気持で常にやっているわけです。

それはできなくてもいいとは思いますが、ただ、そうして見ると、小説家が最終的に狙っているのは、いつぞや大江さんの短篇集について書かせていただいたときに、「聖譚」という言葉を使って、あるいはご迷惑になるのかなとも思ったのですが、「聖譚」がどこから根差してくるかその源、あるいは、聖譚を既に踏まえて、一種の奇跡の起こるいきさつか、でなければせめてその結末だけでも書こうとする小説ではないか。

これは作家の意志の問題ではなくて、小説を書くことに常に内在している。小説というのは、どんなに暗澹とした解決不能なことを書いても、おのずから形が聖譚に寄っていくという楽天的なものを内在させていると思う。今の世の作家として、これを早めに引き受けると非常にみっともないことになる。ぎりぎりのタイミングで引き受けるかどうか。

実際にそんな料簡がなくて、およそ正反対の感情で小説を書いていても、書き込んでくると、どこか聖譚めいたものに収斂してくる。大江さん、近ごろそうお感じになりませんか。

大江　自分自身についていうよりも、本当にそのとおりの小説を書いている人を見てきたと思います。

この前、ミシェル・トゥルニエと会いました。僕は日本語で話し、彼はフランス語で話す。あるいは、僕がフランス語で話そうとし、彼がそれを理解しようとする。あるいは、お互いに英語で話すということで、表面的なことしか話していないんですが、しかし、彼の小説を読むと、今いわれたとおりのことを昔からやろうとしている人だと思いますね。

最近のインタビューを読むと、自分は五年間ぐらい調査して小説を書くという。世界中旅行して調査する。例えば『メテオール（気象）』という小説のためには日本にも行ったという。それは、実際に小説を読むとそんな不必要なことを何のためにしたんですかといいたいくらいの部分です。

しかし、彼があなたのいわれる聖譚を書いているのだとすると、五年間調査していろいろ細部をつくり上げて、ということはよくわかると僕は思います。短い道をとってパッと行くことはできない。自分の中だけで短絡するように小説を書くことはできない。その回り道をどのようにつくるか、結び目をどのようにつくるかということを、ミシェル・トゥルニエは方法をつくってやってきたと思いますね。僕自身もそうしたいと思います。

ところが、小説の中で、今いわれたような結び目をつくっていく、ということを考えながら、一方で説明している。それらはどうも反対の方向にあると思う。そういうところに小説を書くことの矛盾がある。それが手がかりにもなるわけですけれどもね。

結び目と黒い塊

古井　説明するというのは、普通結び目をほどくことと解釈されるけれども、結び目をつくることでもあるわけですね。

大江　あなたの書き方は、確かに結び目をつくることによってなされている。いつまでもいつまでも結び目をつくってゆく。

僕は文芸時評で、古井さんの小説の締めくくりの部分を、僕だったらこう書くだろうと実例を示してみたことがあるのですが、あれはつまり僕として説明してみたんです。古井さんは結び目のつながりのあとにもう一つ結び目をつくって、最後の結び目は解けないままだけれども、最後から二番目の結び目の意味ははっきりとわかるように小説を終わっていられる。

古井　結び目をつくってほどきがたいというときに、そのほどきがたいということが何を要請するか。それを小説の中であくまでも表現すべきか、小説の表現としてはもうその結び目でとどめて、物としての作品が何を要請するか、それを読者に委ねるかという態度のとり方がありますね。

大江　それは大切な態度だけれども、そういうことが成功している小説はまれですね。一般に広く受け入れられる小説は、すべての結び目を最後にほどいてみせるんじゃないかな。それで大きい読者を得ているのではないか。トルストイがそうだし、ドストエフスキーもフォークナーもそうです。ところが、よくよく見てみると、かれらにも解けていない結び目のある場合がある。そうでありながら、多くの読者に支持されている作家を、つまりは大作家というのではないかと僕は思いますね。

今度トルストイやドストエフスキーの作品をふくめて読みとく文学講座をテレビでやることになって、自分で扱うものをもう一度全部読んでみました。その上で例えばドストエフスキーの一つの作品について説明するということをやっているわけですけれども、そうしながら、どうしていいかわからない、手詰まりでこういうものは説明できないというところに陥ってしまうことが何度もありました。トルストイでもフォークナーでもそうでした。

その経験から、本当の文学の伝達には、ああいう説明しがたいものを、結び目のままでも、ちゃんと伝達しなきゃいけないのだろうと思いました。そのようにして自分が話しえたことは、それを通じて視聴者が自分の結び目を発見してくだされぱいい、というほかないことで終わりました。

古井　嘉村礒多の小説は結び目だらけで、説明をしようとはするのだけれども、途中ですぐ断念して、それがまた結び目になる。結んで結んで解放されないまま終わる。解放されていないままに、それがおのずから何かを要請するんですね。それは常識的に考えると、仏教系の煩悩即菩提とか悪人正機とか、ああいう方向だろうけれども、もしもこれを外国人に読ませると、案外死してよみがえるという要請じゃないか、そんな感じもするんです。

大江　嘉村礒多は、自分の書くものに意味はないと主張し続けるけれども、僕はそういうことはないだろうと思います。嘉村のように、自分の奥さんの問題についても、自分自身の問題についても、真っ暗なところにぶつかっていって、出口なしということを証明して小説が終わるという小説は、やはり大きい塊をつきつけるもので、やはりすぐれたものです。

葛西善蔵にしても、おせいという娘さんにからんで殴ったりする……。

古井　『酔狂者の独白』では逆に男が縛られたり。

大江　自分にはどうしても始末し得ないし、相手からも理解されない黒い塊のようなものを横に置いて、それをタネにからんだり、殴ったりしながら小説を進めていく。あれは書き方としてじつに高度な小説だと思いますね。

ああいうわけのわからない異様な塊を現出させるというのは、小説の一つの大きい効用かもしれません。

古井　そうですね。私小説といった場合、私にとっては志賀直哉よりも、葛西善蔵、嘉村礒多、牧野信一に代表されるようなものです。あの小説を私の中にインプットして再生すると、どこかで聖譚がかってくる。何か最後に彼らの宗教性が出てくるような気配なんです。しょせん読み取れないのですけれども、あの塊がおのずから要請する何かがある。僕はその要請のプロセスまで書いてみたいという気がするんです。

大江　それは大きくて深い作品になると思うな。僕は、シベリアの民衆のことをギンズブルグが書いた『明るい夜、暗い昼』という自伝を読むと、それと同じことを感じますね。信仰のために村全体でシベリアに送られて暮らしているある宗教の信徒のグループが出てくるのです。その信徒たちは夜中にごそごそと移動したり、帰ってきたり、寒いところで水の中に入って洗礼したりしている。それをこちらでやはり追放されたインテリの女性が見ている。

最後にはその人たちは殺されてしまったのか、移動させられたのか、いなくなってしまうんですが、スターリン時代にその宗教を持っているためにシベリアに送られて、集団で移動したり働いたりしている塊というのはすごいですよ。ドストエフスキーやフォークナーも、ああいう塊を書いているのじゃないか、自分もああいうものをしっかり書くことができれば、という気持を持っています。

そのためには、説明的な文章は役に立たない。最初にいった暗い明快さというか、難解な明快さというところに行く必要があるのを感じています。

死者の含まれる「私」

大江　さて、古井さんがおっしゃった志賀直哉のイメージと違う私小説ということに、僕は賛成です。文学史で狭く限られた時期の、ある少数の人たちが持っている私小説というイメージが固定しているわけですから。

古井　そうです。

大江　そういう個別的な、偶然的なようなものとしての私小説のあるタイプがふりかざされすぎているんですが、同時に、普遍的なものとしての私小説があります。

僕は小説を「私は」と書き始めるたび、どうもそう書くことに小説の原型が全部あるという気持を持つことがあります。それは、ロシアのイコンがマリア様とキリストとか大体同じ構造で描いてあるのと同じで、あのイコンの描き方のように定まりきった書法にどうも芸術の原理があるんじゃないだろうかと僕は思うことがあります。

古井　創造、オリジナルはあり得ないというわけですね。

大江　ええ。最初の原型としてすら。しかも、そこに創造もオリジナルもある。

古井　イコンをつくっている僧侶たちは今までも、私は芸術家じゃない、あくまでもかつてあるとおりの寸法に従って再現しているだけにすぎない、何一つつけ加えてないというそうですね。しかし、小説の「私」という人称には、そのようなストイシズムへの志向がありますね。

大江　そして、「私」と書くときのあの異様なリアリティーは、ほかにかえがたいところがありますね。

古井　個別を超えようという運動の感触がありますね。

大江　僕もそういう気持を持っています。

古井　もう一つ、「私」というとき、「私」の多くの部分が死者なんです。個別の「私」にはわからないはずの感覚、感性、認識を書いている。

例えば一日の天気のことを考えても、よほど表を歩いて天候の変化をつぶさに観察した場合ならともかく、いや、その場合でも、表現として「私」が完全に個別だったら見えないはずのことを書いている。多くの死者たちが体験していろいろ残した言葉や情念を動員しているわけです。特に風景描写とか天気のことを書くと、「私」が相当に死者を含んでいるという感じがするわけです。

しかし一方では、『旧約聖書』の『エレミヤ記』を読みますと、弾劾（だんがい）として、お前たち偽の預言者は死者と通じた、死者に救いを求めたとある。これはエジプトの信仰についたことをいっている。外交を結ぶというのは、祭祀の交換でもあり、よその宗教をある程度受け入れることですから、エジプトと結んだという意味合いになりますけれども、読むと、こちらはちょっとひるむ。死者と通じた、それが非難として当たっていることもある。けれども、死者と通じなきゃ何ができるかという気持もある。

「私」という人称の中におのずから含まれる死者というものをいろいろ考えてくると、自分には無縁の考え方かなと思っていたけれども、例のキリスト教の死してよみがえる、死んだから生きているんだ、生きるためには死ななければならないという考え方、これはキリスト教には限らないものだと思うのですが、物を書くというのはそのポイントで成り立っているのではないか。

特に非常に象徴力の強い短篇を目指す立場というのは、死んで生き返る状態を書こうとしている。宗教的にはどういう表現をとろうと、ひょっとして、これは古今東西一緒かもしれない。

大江　そのとおりだと思いますね。自分の小説でいえば、『新しい人よ眼ざめよ』で僕がとったやり方は、はっきりした結び目を見定めて始めるということでした。一つは、今二十九歳の、障害のある息子がハイティーンくらいのころ、わけのわからないところをあらわすことがあった。僕にも妻にもどうしても理解できない、彼自身にも理解できない、それこそ黒い塊のようなもの、彼の中でもう死んでいるといってもいいような塊を持っていました。そのことを表現したいという野望があったわけです。

古井　大江さんの小説を読んで、それは感じました。

大江　そういっていただくと力づけられますね。それは一番通じにくいものですから。もう一つは、ウィリアム・ブレイクのわからないところをやはり入れておきたい。いつか自分が書いておいた結び目を解くことができるかもしれないから、ということでした。彼は『四つのゾア（ヴァーラ）』という預言詩（プロフェシー）、また『ジェルサレム』というやはり数百行の長い詩の中で、イエス・キリストを自分独自に描く。たとえば、アルビオン、これは本来ならイギリス、イギリス人ということでしょうが、ブレイクにとっては人間全体を表現する存在が暗闇に向こうむきに立っている。

やはり暗い木の上にキリストがいる。その木は「生命の木」といわれている。もっとも木のようにジェネレイト、繁殖するものはブレイクでは悪をあらわしていますから、非常に複雑でよく解けないような結び目に満ちている木です。そこでキリストが「恐れるな、アルビオンよ。私が死ななければお前は生きることができない。しかし、お前がよみがえるときには私とともにある」と異教的なことをいう。僕はそこを小説の最後のイメージにかさねました。

しかもそれを書いているとき、自分でこのくだりはよくわかっていなかった。そこに意味の塊があるとだけ思っていた。あなたの話を聞いていると、あそこの重要な意味が少しずつわかってくるように思う。自分が小説を書いてきたことに対する真の報酬があるとすれば、どうもそういう解くべきものを自分の小説で幾つか持っていることだろうと思います。

古井さんの『楽天記』は、そういう結び目に満ち満ちているんじゃないでしょうか。例えば死者たちがいるところで赤ん坊のにおいがするということも、小説の筋道として、これはこのような意味で赤ん坊のにおいがしているというふうに説明することは難しい。しかし、あれは重要で、あの赤ん坊のにおいそのものが、それこそ死んでよみがえる、あるいは、よみがえりの中にある死そのものであって、あなたの言葉でいえば聖譚というか、そういうところに到っていると思います。

死んで在る状態

古井　個人的な方から入りますと、表現者としての文学者は、自分がある種の言葉に対して非常に弱い。その言葉はだれでも知っているし、だれでも使いこなしているし、自分も日常使いこなしているのだけれども、さて、本当に深く突っこんでみると、その言葉を使いこなせない。そういう言葉にこだわってくると思います。

僕の場合、死んだという言葉なんです。英語の die ならば、他人のこととしてまだしもこなせるけれども、dead 死んでいる、これが僕にはなかなかこなせない。他人が死んでもういない、その辺まではこなせる。しかし当然、I am dead ということがあるはずなのです。僕らの中にあるはずの、死んでいるという状態、それをめぐるいろいろな言葉を、僕はどうしてもこなし切れない。

私は死んでいる、I am dead というのは、比喩ではない限りおかしな言葉ですね。しかし、死んでいるというのも生きていることの一つのはずなんです。自分は生者であると同時に死者である。要所要所の節目で人は死者になっているのではないか。それでこうして生きながらえている。

人が既に死んでいる、私が既に死んでいるという状態はどういうことだろうか。パウロを読むと、やがてお前は死んで神に救われるだろうといっているのではない。お前がキリストの犠牲と復活を信じたとき、罪や律法に対して既に死んでいるのだといっているんです。これはただの観念じゃないと思うんです。

社会的には、借金を無効にする徳政令のような考えを明らかに踏まえていると思います。身分的に奴隷階級の人が多かったと思いますから、それを解放するときに、現にある法律に対してお前たちは死んでいるのだという言い方は有効です。

もう一つ、罪人として、罪を免れられぬ肉体として、すでに死んでいるという意味があるはずです。小説というのは、どうもその再生のための死の状態をくぐるもの、あるいは、くぐりたがるものですが、その点での抵抗はあきらめた方がいいんじゃないか。そういうものだということで腹を据えた方がいいんじゃないかと近ごろ思っています。

大江　時々、死んでいる状態についてうまく表現しているものに触れることがあります。杉浦日向子という漫画家がお化けのことを書かれるものの中に、きらっとひらめくように、死んでいる状態の他人とぱっと出会ってしまった状態、あるいは自分自身が死んでいる状態、そういうことがうまくとらえられている。文学史の中心の流れとは別の、江戸時代なら江戸時代の民話的な書きものの中にそのヒントがあるのだろうと思います。それをうまく生かしていられる。

高校生のときに頭のいい先輩と話していて、その人が、死を恐怖することは無意味だ。

die（死ぬ）という動きがあって、その後には自分は存在しないのだから、存在しないものを憂えてもしようがないし、死ぬという行為以前には生きているのだから、まだやってこない死を恐れてもしようがないということをいわれた。周りの友人たちはみんな感心したんですが、僕はそれは間違っているのではないか、死んでいるという状態があるのではないか、と思ったものでした。

追憶などというものじゃなしに、死んでいるという状態を自他ともについてうまく表現している詩があるという気持もあって、たとえば僕はダンテ・ガブリエル・ロセッティの詩が好きです。さらに死んでいるという状態を本当に生真面目に、実際の問題としてとらえようとした思想家というと、アウグスティヌスだと思います。

彼の『告白』の回心する直前の有名なところで、自分はイエス・キリストの真の生命を本当には信じていなかった。だから私はそのとき死んでいたという意味の行があります。あれは人間が死んでいる状態を比喩的じゃなしに、本当に具体的によくわかるようにとらえて、その状態からのよみがえりということが信仰に入ることだとする。回心ということの本当に恐ろしい意味を表現している。そういうものが文学の中にもあるわけですね。

古井　ありますね。

大江　しかし、それを新しく書くことは難しい。なにより難しいのは死んでいる状態を書くことです。その点、『楽天記』の最初の方に、しばしば天候のことが出てくる。空を見上げたり、天候の行末を判断したりしている主人公の周りに、死んだ人がたくさんいるという感じが確かにありますね。ほかの人の目でそれを経験している。

古井　日本の小説の中で、どちらかというと私小説系で、主人公が自分のことも思えなくなる、ましてや他人のことか風景のことなどは見るゆとりもない、そんな真っ暗なところまで自分を追い込んでがんじがらめにしておいてから、いきなり非常にいい風景描写が出てくることがある。僕はああいうのを読むと、これは死者の目じゃないかと思うんです。死んでいる人間の目に映る世界。そのときの死んでいるというのは、いよいよ生きまさっているという気がします。

大江　勢いの問題として、死が人間の燃え盛る生命をあらわす、という場合もありますね。具体的にいえば、梅崎春生が死ぬ前に書いた『幻化』、あれは不思議な小説で、それこそ、葛西善蔵、嘉村礒多、牧野信一と延ばしてきた先に、晩年の梅崎春生があったかもしれないと僕は思います。

古井　風の吹く町のことを書いた梅崎さんの『風宴』という小説も、一日半か二日のことを書いているんですが、その中で主人公が何度でも死んでいるような感触を受けます。

大江　不可能なことを可能ならしめることが文章の一つの技術でしょうが、梅崎氏が、死んでいる状態のぼうぼう燃えるような力をどのように書いているかというと、一人の男がいて、自分はもう死ぬだろうと考えている。むしろ自分はもうほとんど死んでいると思っている。そのことを確かめるために飛行機に乗って九州に来たのですが、同じようなやつがいて、彼は火山のへりを歩いている。火口に飛び込もうかなと思っているにちがいない様子で、それも飛び込まないことは、むしろ自分がもう死んでいる状態を確認することにすぎない。そういうところまで追い詰められてしまっている人物がいる。こちらはただ見ている。

十円を入れると視野の明るくなる望遠鏡で火口を見ている。そこに自分のかわりにそいつがいるわけです。トランクを持って火山のへりを回っている。火口をのぞき込んで身ぶりをするので、ああ、飛び込むのかなと思うと、トランクに座り込む。それからまた歩き始める。そのうち、こちらの死んでいるはずの男が、歩け、しっかり歩け、と呼びかけたくなる。それも死んでいる人が死んでいる人を励ますような感じで。実に見事に書かれています。

もう一つ、武田泰淳の『目まいのする散歩』も、同じく死んだような人間が散歩している光景が描かれていて、彼の経験する気候も描かれている。そこに梅崎春生のことも出てきます。『幻化』の最後に呼応するように。そこと泰淳さんの小説の最後をかさねて見ますと、ある侵しがたい重さ、威厳のようなものが浮かびあがります。

古井　梅崎さんのその小説は、墓場の近くの下宿で昼過ぎに目を覚まして、まだ学生の身分だからふらりと本郷の方に行って、友達の下宿で赤の他人の通夜につき合うことになです。それからまた飲んだくれて、まだ下宿に帰らないでまた一日を過ごすという小説なのです。

その要所要所で、短いながら印象的な風の吹く場面が挟まる。そのとき風の音を聞いていると、主人公がいない、死んでいると感じられるんです。ああいうところで、死んで在るという表現力を、日本の小説は随分物にしているんじゃないかという気がするんです。

大江　死んで在るといえば、ダンテの『神曲』には全篇死んで在る状態が書いてある。「地獄篇」では、数知れぬ者たちがそこに死んでいるということが書かれているわけですが、煉獄に行っても、あるいは天国に行ってすらも、死んでいることは死んでいるな。

コラムニストの手法

大江　小説はどこに行くのかということで考えてみると、僕はたいていいつもあなたのご専門のムージルに行きあたります。小説の行方を遠くまで見定める形で小説を書こうとすると、どうしても『特性のない男』のようなものを書くことになるのではないか。僕はドイツ語が読めないものですから、日本語ではもとより、英語訳、フランス語訳で読みました。どういう文体かを知りたかったので、いろいろな言葉で読んだのですが、その上で、これは非常に立派な文体で書かれているはずだと思う。

第一部の「平衡運動」などという挿話は、本当に死んでいる者らが考えそうな社会運動で、つかみどころがなくて、どういう方向に行くかわからない。しかし、本当に存在感、実質感がある。そういう運動がよく描かれている。ああいう技術を持っていて、あれだけ見通しがあって、文体もあって、そして、「愛の千年王国」というところに行ってしまうと、しだいにノートみたいになったり、概要みたいになったりします。それが小説家の生涯の仕事として本当に凄い。

しかもノートのようなもの、概要のようなもの、断片のようなものの中にどうも全篇での最高の表現が見られるように思う。あれが一つの小説の行方だろうと感じます。小説をよくよく考えつめると、あのような形でしか書くことができなくなるということがありそうだ。

それから、さきの話題にかさねていえば、「愛の千年王国」ということは、つまり死んでいる人たちの愛の千年王国です。兄妹がいて、愛の中で千年ずっと死んでいることを夢見ているのだろう。

われわれは一般に、小説はどこへ行くかとか、文学の解体とか、言語の解体とかいう場合に、具体的にイメージを考えていないんじゃないか。そういうことをはっきり考えて、それを具体的に示している人間として、『特性のない男』のムージルがいるというべきだろうと思いますね。

古井　『特性のない男』という小説は、恐らくムージルが見ていた彼なりの究極の小説への準備だったと思います。
　その究極の小説がどういうものかと想像するに、非常に聖譚に近い、ほとんど聖譚である短篇ではないか。短篇の形を『特性のない男』より前にいろいろ試みているんです。
大江　『三人の女』。
古井　あれをもっと諧謔の氷の上に載せて凝縮して、最終的にきわめて短い、しかし、物語。物語るとは何かと言えば、これは『特性のない男』の中の言葉ですが、青空がいきなりひろがり、その光を受けて、道の真中で一頭の牝牛が輝いた。これだけで何事かにならなくては物語ではない。何かが出てくると必ず物語になる。それを目指しているようですね。それが最後に断片となってインプログレスの形に、固定するわけですが。
大江　現に活動している作家が、さまざまな断片をたくさん書いて持っていて、それを強力な兵隊を集めた将軍のように見渡している状態はたのもしいだろうと思いますね。
　今いわれた、究極の短篇をつくろうという準備作業のようなものとして『特性のない男』があったというのは、聞いていて本当にそうだろうと思いました。ムージルの初期の中篇はそれぞれおもしろいですが、ちょっと長過ぎるという気がする。
古井　そうですね。
大江　長過ぎるものをどう処理して本当の短篇にするかという研究、そして彼は非常に長いものを書いてみたわけでしょうか。特に「平衡運動」のところは大きいものですけれども、読んでみると、その全体が一つのむだもない作品としてかちっと固まっていると思います。それから、次にはじまる妹との関係もそうで、ああいうものの向こうに本当に小説があるとすればすごいだろう。

古井　『特性のない男』の断片ではない方、完結した方は、短篇という要素のほかに、あの人はジャーナリストでもあって、コラムニストとしての何かがある。

一章ずつがコラムといったら、あんな長いものをと人は笑いますけれども、その都度その都度ある現実を凝縮させると、その現実が超現実に転ずるという、一種のコラム的な処理で超越的な小説ができはしないか、そういう欲求が明らかに見える。僕はこのたび人の翻訳を読んでそれを感じました。コラムニストとしての文章の処理の仕方、イメージの処理の仕方、コラムニストの手法を使って超えようとしているところがあると思うのです。

大江　それは僕が考えていることとかさなるかもしれない。

古井　兄妹が同じ家で再会するところになると、恐らくその手法は通用しなくなってくるので、そこから難しくなっているとは思いますけれども。

大江　「平衡運動」という世界的なものから、今度は家族内の問題になりますからね。しかし、その中間の社会は確かにうまく描かれている。凶暴な殺人者を救おうと立ち上がっている女の人たちなど、まったく優秀なコラムニストが書いたような感じでくっきりとらえられていますしね。
ムージルは『特性のない男』を書いている際の日記か何かに、自分は大戦が終わって、行方がはっきりわからなくなって混迷してしまうドイツの青年のために小説を書くといっているでしょう。それこそ使命感のある優秀なコラムニストの態度ですね。

文学的なものに対する嫌悪

大江　ところで古井さんは、コラムということをさらに小さく短くして、ある文章の塊というか、ある単語の続きぐあいという感じで小説を書こうとなさっているんじゃないですか。

古井　まだそんな明快なものじゃないですが、『暦物語』、カレンダーの短篇がありますね。あれも一種のコラムであり、短篇小説あるいは短篇小説的な説教でもある。日本でも『今昔物語』を考えると、小説の原型かもしれないですね。
そのときに、小説というのは、世俗のことによく通じた人間がなすもので、真の意味の通俗でなくてはならないという考え方が一方にある。逆に、小説というのは、聖に関する精神の混迷から出てくるもろもろのイメージではないか。それが時には俗を生かしてあらわすこともある。多様な源が多様に出るのを小説とするか、本来モノトニックな源から多様が出てくるのを小説とするか、二つの考え方があるようですね。私も非常に迷うんですが、両方あるだろうとしか言いようがない。

大江　僕はさきにいった門脇佳吉氏を経由して道元を読むようになったのですが、それこそ真理だけが説明なしで書いてあるところを、こういう書き方は小説の書き方と本質的に似ていると感じることがあります。小説家は具体的なものを書いて、それも言葉と言葉の関係の中で、かすかなひっかかりを頼りに大きいものに造形していくことに情熱を傾けている。道元の言葉の扱いは具体的な意味は運んでいない、抽象的な言葉によって抽象的な意味を運ぶのだけれども、同じようなものを書いていると思います。

文章でいいイメージができ上がったときの、すかっとした感じ、それこそ明快な難解さが達成されたという感じを、道元の、それもたとえ話みたいなところじゃなくて、一行の思想の言葉の中に感じ取ることがありますから。孤絶した自分の考えという伝達しにくいものをなんとか伝達しようとすると、そういうことになっていくのだろうと思いますね。

古井　仮にきわめて文学嫌いな論理家、あるいは思弁家がいるとする。この人にとってはあらゆる説明が通俗小説じゃないか。

というのは、説明というのはしばしば、物のわきまえをつけきれないと、そういう考えや現実に至ったプロセスに置きかえるわけです。プロセスというのは、おのずから一つの物語の構造を含みますね。プロセスの一つの節目、人が得心する得心点というのは、文学的な形象に似ているんじゃないかと思います。

大江　僕は科学テレビが好きで、例えば金属の化合の電子顕微鏡によるフィルムを見ていますと、一万分の一秒とか、じつに凝縮されたところで、ある展開が行われる。それはもちろん物語とは全く関係ないですが、根本の一番のジョイントというか、転換点と重なっていると思います。

ムージルが一つの短篇をつくるために大きい長篇を書いたとすれば、同じく物語というあいまいな方法でいろいろ物語ってみる。例えば人生の七十年を全部物語るようにして小説をつくっていくわけですけれども、一番重要な点は、人生の五秒ぐらいのものかもしれない。そこをうまく表現できて、その上でそこ以外のところをどんどん切り離すことができれば、小説として徹底して成功するのだろうと思います。

そういうものを表現する態度、一瞬のある転換点と物語との関係というか、イスラムの神秘主義の側からそういうことを表現していられるのが井筒俊彦氏の本です。あらゆるものを含み込んで、判断もイメージも何もないゼロの状態から、やがては僕たちの全世界が流出してくる。英語でいえばエマネーションですね。

そのエマネートに到る前段階を区切って説明されている最初の方に、全く何もない神そのものである一つの状態が、何か力がみなぎりあふれて、個別的なものをふくむ状態に変わっていく、潮が満ちるような感じの状態のことを説明していられる。それはいかにも抽象的な形而上学的な問題ですが、読んでいると小説的な快感があるな。非常に難しいけれども、確実なものをとらえたという感じがします。

古井 科学者が最突端の認識を語るときに、これは極端に抽象的でニュートラルで、人間的な比喩が通用しない論理的な空間のことだとよくよくわきまえて、よくよく言葉を選んで話しても、どうしても擬人的になる。ある種の物語風になって、自分で大層うんざりするそうです。

我々文学者も、そういう文学の生命にかなり嫌厭を持っていて、そういう嫌厭から出発する。もう少しよくいえば、それを抑えようという倫理から出発して、常にそれに縛られている。しかし、最終的には文学的なものに対する嫌悪をどう乗り越えるか。我々をして嫌悪を生きながらえしめよ、そういうふうに感じますね。

大江 それこそ『楽天記』に引かれた、あの恐ろしい言葉をちょっと思い出す。結局ものを理解するためには、あるプロセスに置きかえなきゃいけない。ビッグバンも天地創造も、あるプロセスとして考えてみる。そのプロセスを純粋なプロセスとでもいうか、プロセスそのものとして表現したい。それは論理としてといってもいい。

ところが、小説家は、プロセスを描くためにはどうしても物語をつくらざるをえない。そうすると、どんどん膨らんでくる。その膨らんできたもの、物語そのものに対する嫌悪感もあるわけです。

純粋プロセスとでもいう方は、表現の前にあるか、後にあるかで、ついに表現しがたい。しかし、小説をつうじて純粋プロセスというところに行きたいとも思う。ムージルにも、概要とか断片とかいいながら、あるプロセスそのものを提示しようとしているところがあると思います。

例えば「愛の千年王国」の中で、主人公と妹が恋愛する。こういうことが達成されるとは思わなかった。しかし、達成されたという断片がありますね。ホテルに来て若い夫婦と思われたとか、ホテルの部屋の描写とか、幾らでもかさねて書く。しかし、このまま行っても純粋なプロセス、「愛の千年王国」が一瞬のうちに成立するところは書けないだろうと思っていると、やはりそこは書かれないままだった。

小説の行方ということは、結局小説がすっかりなくなってしまって、ある純粋なプロセスが僕たちにとって一つの大きい認識そのもの、啓示そのものであるような表現を達成することを目指している。しかし、それができないから小説を書いているということじゃないでしょうか。どうも小説の未来という問題にとどまらないで、この時代のもっと根本的な問題じゃないかとも思いますが。

自分が自分でなくなる境目

古井　科学者は当然純粋のプロセスを語ろうとする。それを語ろうとすればするほど、言葉とか発想の文学的な生命につきまとわれてうんざりする。僕ら文学者は、ある意味ではその逆方向をやっているのかもしれない。言葉とか文学の異様に増殖する生命の中から、純粋のプロセスを求めようとしている。その純粋のプロセスを、少なくともある手ごたえで描き出すようになるために、心の中で自分に対して行き詰まれ、行き詰まれと叫んでいる。

大江　しばらく前、若い人たちに小説の形成ということを考えてもらうために、『今昔物語』から『宇治拾遺物語』に至って、一つの物語がどのように変わっていくか、特にあるプロセスを語る語り方がどのように変わっていくかということを話して、その展開の上に芥川龍之介も菊池寛もあるという話をしたことがあります。

しかし、そうしながら、僕は今自分にとって重要なのは、これを逆の方向をたどっていくことだと思っていましたね。

古井　『宇治拾遺物語』から『今昔物語』へ逆戻しでしょう。

大江　ええ。『宇治拾遺』から『今昔物語』へ、さらに何かえたいの知れぬ物語以前へと考えてゆくと、現代文学の問題はよくわかるだろうと思いました。

古井　科学者から見れば、何もそんなことをしなくてもいいのにというかもしれないけれども。

大江　『僕が本当に若かった頃』という短篇で、若いころ家庭教師をやっていたときの話を書きました。そのとき僕は、化学の実験も数学の問題の解き方も生徒に全部言葉で説明してやろうと思った。なぜならば、人間の認識は言葉で行われるからだと、そのとき本当に信じていたからです。

そうやって教えると、ジャストミートする生徒がいて、その少年の成績が非常によくなったということがあったんですが、あのロゴセントリズムとでもいうものはいま複雑に思いなされます。小説家は言葉をたくさん紡ぎ出すようだけれども、結局どのように言葉をそぎ落とすか、針金の骨組みだけにしてみるかということをいつも夢想しているのだから。

古井　そこまでしてもまた言葉が増殖して、牡蠣みたいにいっぱいくっつく、これにも耐え忍ばなきゃいけない。

大江　自分の中に言葉がどんどん堆積してくるということもありますね。

それからさらに言葉が不思議なものだと思ったのは、自分の小説を様ざまに朗読してもらう、新しい機会があって、自分の書いたものは全部知っているはずなのに新しい言葉と出会っていると感じることがあったことですね。

古井　こんなコンステレーションの中にこういう言葉が書かれていると、我ながらあきれることがありますね。

大江　僕も、そのコンステレーションの中に言葉がどう置かれるかということが重要だと思います。ユング派の治療家がコンステレーションということをいいますね。自分の無意識の中にある個別の星のようなもの、ステラをコンステレートする、すなわち星座として組むことが、人間を心の病から立ち直らせるというのが彼らの方法論です。小説の構想、それから実際に書いていく作業も、コンステレートすること、星座を組んでいくことですね。

古井　荒っぽくいえば、石ころを蹴飛ばしたら、その石が天に上って、その石を中心に一つの星座ができた、それが願望ですね。

大江　小説家はそういう見果てぬ夢に賭けている。

小説を書いて三十年たって思うことは、相当多くの言葉の石を蹴飛ばしてきた経験だけが残っているということです。それがハンディにもなっている。使ってきた大量の言葉を洗い流して、基本的な枠組みだけを残して、これが私です、今までの仕事は全部このための準備でしたといえればいい。小説家はそれを夢見て生きているのだと思います。しかもそういうことはしだいにやりにくい形に今日の文学がなってきているという気もします。

僕は野球が好きですが、もう引退間際の野球選手のようで、プレーの仕方そのものにいろいろなものがかさなっていて、どうにもフォームを改造しようがない。しかし、自分の仕事について、そのように生きてきたとは思っています。

古井　五十代半ばにかかって、どうかすると、ここで一つ鞭を入れると、よく走る小説になるのではないかと思ったとき、怖くてとめることがありますね。

大江　長篇の場合、短篇の場合?

古井　中篇ぐらいですが、自分がそこで尽きるんじゃないか。体にこたえたりすることもあるだろう。大江さんが「最後の小説」とよくおっしゃっていますね。

大江　それがいつまでも書けないものだから、本当に「最後の小説」になりそうで困っています（笑）。

古井　自分が自分でなくなる境目にある小説を書いてみたい。そのときに、自分の骨がかなり純粋に出ることになるのか、それまで自分が押し退けたものが全部戻ってくるのか、見当がつきませんけれどもね。

大江　しかしそれを書いた後、生身の自分は困るでしょうね。時々外国の文学会議などで、引退してもう仕事をやめた作家と会うことがあります。それも苦しいが立派な身の処し方をしていると思う人が、そういう人の中にいますね。書くものはもう何もない。自分の書いたものについても関心を持っていない。ただ、生活するために文学祭に来てそこにいるという上等な人……（笑）。

古井　上がり方も考えなきゃいけませんね。

センチメンタリズムから洗い流す

大江　僕はこの頃思うことなんですが、小説家をめぐってのセンチメンタルな考え方が復興したのじゃないか。中上健次氏が亡くなられて、立派な仕事中の作家が亡くなったことを非常に残念に思って、彼の作品をはっきり読もうという気持をいだく。それへの手引きの文章も読みたい。ところが、中上さんへの追悼の言葉を読んでいると、あらゆる雑誌のほとんどの文章がセンチメンタルに書いてある。

小説家に対するこういうセンチメンタルな態度はしばらくなかったんじゃないかと思うんです。大岡昇平さんが亡くなられたとき、それをセンチメンタルには扱わなかった。このところの妙にセンチメンタルな受けとめ方を、僕は文学の行末を占う上でどうもよくないように思います。

古井　文学をめぐる人の感情をそれまで抑え過ぎたというべきか、おろそかにし過ぎたというべきか、そのせいでもろくなっているんじゃないでしょうか。だから、ここで中上健次という一人の有力な作家が亡くなったときに、人の感情が粘り強く悲しむというより、うわっと折れるように悲しんでしまう。これがいわゆる文学に対する感動といわれているものの中にも影を落としているんじゃないかな。

大江 そういう意見を聞きたかったわけです。

古井 それはまた世間全体の文学に対する妙な期待もあるんですよ。もう五、六年前から始まることでしょうか、我々の仲間ではもう文学なんて先が暗いぞといわれていたころ、年々歳々雨後のタケノコみたいにファッション雑誌が出ますね。それをちらちら眺めているると、かなりロマンチックでセンチメンタルな感じで文学といっているものが結構多いんですよ。コマーシャルの方で、「文学する」なんていう表現が随分ありましたね。

ああいう世間全体にある感情のもろさも働いているんじゃないかしら。恐らく感情というものをおろそかにし過ぎた罰として、ちょっと行き詰まると感情がもろくなる。

大江 そこで明快な難解さということが手がかりになりますね。明快な難解さの塊がある仕事を読みたいし、それを書き出す小説家のことを考えるのが、何となく自分をセンチメンタリズムから洗い流す役割を果たす。自分としてももうすこし難しい仕事をしようという気持になる。

古井 悲しみはそういう文章からおのずから放射すればいい。その形は決まっているんですから。

大江 『エレミヤ記』でもそうですけれども、『旧約聖書』を読んでいると、感情のもろさはどこにもないですね。

古井　ないですね。

大江　『福音書』を読むと、やさしい感情がはじめてここで導入されたのかと思うことがあります。ウィリアム・ブレイクは、罪の許し、フォーギブネス・オブ・シンは、イエス・キリストからはじまったと考えているようですが。やはり最初にもろくない感情があり、それが構築したものが何千年も人間をとらえてきたということは大変なことですね。

古井　レトリックの骨と一緒になるような感情ですね。

大江　レトリックの骨組みというか、結び目と。そういうものを手がかりに自分の書くものを検証して、将来に向かっていくほかないんじゃないでしょうか。

古井　洗い流して、洗い流して、それでだめだったら、ごめんなさいでしょうね。後はプロセスを見ていただくだけ。

大江　文学をやっていてよかったことは、自分が失敗して死ぬとして、「ごめんなさい」といわねばならぬ相手はいない点です。それでまだしも助かると僕は思っていますよ（笑）。

古井　最後は空をつかむ手つきを見せるだけに終わるかもしれないけれども。

（「群像」一九九三年一月号）

文学と時代を生き生きと語る

解説

鵜飼哲夫

古井由吉と大江健三郎は、半世紀を超えて文学の最前線にありつづけてきた作家である。二〇二〇年二月に古井が逝(い)き、二三年三月に大江が亡くなった際は文芸誌がそろって追悼特集を組んだ。二人の作家の死において、日本文学の大いなる日々は終わりを告げたという声もあった。東京大学在学中の一九五八年に「飼育」で芥川賞作家となり、九四年にノーベル文学賞を受けた大江は、若き日から文壇を超えたスターだった。二〇一三年の『晩年様式集(イン・レイト・スタイル)』が最後の小説になったが、一八年から『大江健三郎全小説』(全十五巻、講談社)を刊行、大きな存在感を示しつづけ、その死は新聞の一面で大きく報じられた。これに対して大江に二年遅れて生まれた古井の存在感は独特なものだった。

三十二歳、二女の父、「雪の下の蟹」など何作か小説を発表したものの単行本は一冊もない。そんな状況で一九七〇年春、立教大のドイツ語教師を辞め、確たるあてもないまま作家生活に入った古井は、「僕が新聞の社会面のスターになることは、まず、ありえないというところから出発しました」と生前自ら語り、終生、社会面のスターになることはなかった。しかし、その力ははやくから認められていた。退職後第一作の「杳子」と次の小説「妻隠(つまごみ)」が同時に芥川賞候補になるという異例の展開になり、〈どちらを受賞させるかについて、論議がわかれ、一票の差で「杳子」に決った〉（舟橋聖一の選評）という実力派で、またたく間に「内向の世代」を代表する作家になった。そして、亡くなる数か月前まで精力的に小説を書きつづけ、新宿の花園神社で行われる酉の市では、古井を中心に若い作家や編集者、記者らが集って熊手を買い求め、文壇バー「風花(かざはな)」で酒を飲み交わすのが恒例であった。

その折のことである。「ほぼ毎年のように一冊小説を出してきましたでしょ。これだけ書いている作家はいないんじゃないか」。そう語ると、パイプをくゆらす目をきりっとさせ、唇をキュッと横に伸ばし、ニカッと氏が笑ったことがあった。平成元年の『仮往生伝試文』にはじまり、『楽天記』、『白髪の唄』、『夜明けの家』、『聖耳』、『忿翁(ふんのう)』、『野川』、『辻』、『白暗淵(しろわだ)』、『やすらい花』、『蜩の声』、『鐘の渡り』、『雨の裾』、『ゆらぐ玉の緒』……。そして平成の終わりに刊行した『この道』まで、「人生五十年」のあとに続く五十代から八十代のはじめまで、これほど精力的に書いた純文学作家はまれであった。

芥川賞選考委員として、「ジャッジではなくスカウト」、つまり若手の才能を引き出すことをモットーにしてきた古井と、作家生活五十年を記念して年に一作、自らが選ぶ受賞作を英語、独語、仏語のいずれかで翻訳する大江健三郎賞を設け、長嶋有、中村文則ら八人の気鋭新鋭に賞を与えた大江は、ともに若手作家から敬愛された小説家でもあった。ただ、二人に対する作家たちからの姿勢には明確な違いがあった。大江については、『芽むしり仔撃ち』『個人的な体験』『万延元年のフットボール』など作品と自身の文学との関わりを語られることが多い。大江文学はその文体の個性だけではなく、障害者との共生や現代人の魂の救済などテーマとそれを紡ぐ物語性もまた大きな特色になっている。

これに対して「エッセイズム」と自ら語った古井文学は、物語性は後景に退き、「どちらかといえば、日記に近い」とされる作風で、語りの力によってこれまでに見たことのない世界を現前させるところに最大の特色がある。本書収録の松浦寿輝との対談でも、〈小説があるところまで来ると小説ではなくなりかかるという、そういう境目にいま興味がありますとし、それを表現するならば、〈エッセイ、「試み」という言葉でしかないでしょう〉と語っている。それゆえ若い作家や編集者、記者からの古井への敬愛と親しみは、その独特な語りを生む氏の作家的な風貌、佇まいに寄せられる部分が大きかった。

先の文壇バー「風花」では二〇〇〇年の十一月から十年ほどの間に朗読会のホスト役を二十九回務め、奥泉光、川上未映子、島田雅彦、高橋源一郎、多和田葉子、平野啓一郎、堀江敏幸、町田康、松浦寿輝、柳美里らから長老の大西巨人、文芸評論家の柄谷行人まで多彩なゲストを招いている。このため古井の風貌に間近に接した人はとても多い。氏は、四谷三丁目にあった文壇バー「英（ひで）」が主宰する温泉バスツアーの中心人物でもあり、これに参加する常連は画家・作家の司修、小沢書店の経営者で文芸評論家になった長谷川郁夫、古井を新人時代から注目し、多くの小説を手がけた文芸誌「海燕」の創刊編集長の寺田博らで、そこに佐伯一麦をはじめ折々に若い作家も参加し、記者もその末席にたいていいた。

そうした折々に接する古井の語りは、地を這うように粘り強く語るかと思えば、ポーンと突き抜けたような概嘆あり、出口のない世界で戸惑う放心の間があり、聞いている時間そのものが小説空間に迷い込んだかのような風でもあった。

古井作品は決して読みやすくはない。ページをめくる手が止まらなくなるような物語性は希薄で、時間の重層性があるため、迷路に彷徨い込んだように感じることも、まれではない。本書収録の大江との対談「小説・死と再生」の冒頭で古井は〈私自身としては、自分が抱え込んだものの中から、できる限り明快に、律義なぐらいに書いているつもりで、難解という非難をこうむるのは、未熟のせいもあるけれども、不本意であったわけです〉と語っているように、その語りのリズムと呼吸が合わないと、言葉をうまくつかまえられない難解さが、確かにある。

しかし、である。朗読会で古井が、独特の間合いで自作を読むと、立ち見客も含めて四十人ほどの聴衆で立錐の余地もない会場のバーが水を打ったように静かになり、口から出てくる言葉がいつしか身にしみ、頭では理解できなくても体の中にすんなりと入っている。それがいつものことだった。朗読会にゲスト出演し、バスツアーの常連でもあった角田光代は、『古井由吉自撰作品』（全八巻、河出書房新社）の第三巻解説で、その雰囲気を明快に記している。

それにしても、この作者の言葉を読む、この快楽はなんだろう。本来は色もにおいも湿度もない文字を追っていくと、いきなりそれらが熱を持って私の内側に入りこんでくる。そして五感をめちゃくちゃにして、まるごと味わわせる。雨の音を嗅がせられたり、女の肌のにおいに触れさせたり、にぎりめしに圧迫させられたりする。その酩酊に次第に疲労しながらも、いつまでもいつまでも浸かっていたくなる。もしかしてこの小説を、私は真に理解していないかもしれないという不安すら、この快楽にはかなわない。かつてともに飲んでいるとき、「カクちゃん、小説はわかろうとするものじゃないんだよ、感じるものなんだよ」と、さらりと古井さんが言ったことがあった。その言葉の意味を、私は古井由吉さんその人の小説で体感することができた。

つまり、古井の文章は、五感を通して氏が感受したできごとや過去の思い出や将来への不安を生のままで言葉にするのではなく、ゆらぎ、微熱をもち、華やぎ、老い、衰える身体を通して言葉やものごとの発する音を見直し、それを小説にしているのだ。

本書の対談で、〈古井さんの作品は明快で難解だというふうに僕は思います〉という大江が、〈明快な言葉がどうして難解になるかというと、言葉がその人自身の形を持っているからだと思います。逆に、難解でないものは、しばしば説明的で、形がない〉というのは、まさに古井の日本語が、氏の身体そのものの形、個性がはりついたものであるという特色をとても明快に指し示したものだと思う。

そして、氏と同年生まれの解剖学者、養老孟司との対談のタイトル「身体を言語化すると……」は、まさに古井のエッセイズムという小説の方法が、意識やそれを表現する言葉の説明からはこぼれ落ちる身体感覚などをいかに表現するかという試行（エッセイ）であることを明確に示しているように思われる。

身体へのこだわりは、おそらく幼少期の空襲体験に根ざしている。昭和二十年五月二十四日の山手大空襲で焼け出され、同じ年の七月には、疎開先の父の実家のある大垣市でも空襲で被災した。空襲体験を小説にした作品は、太宰治「薄明」、北杜夫『楡家の人びと』、吉行淳之介『焔の中』などたくさんあるが、太宰が甲府空襲で被災したのは三十代、大正十三年生まれの吉行、昭和二年生まれの北は東京で空襲があったときにはすでに二十歳前後になっている。これに対して古井の空襲体験は国民学校の二年生で七歳。圧倒的に無力な存在として、空から落ち、町をなめた火の恐ろしさや罹災生活を体験している。

柄谷行人は朝日新聞に連載中の回想録「私の謎」で、〈〃内向の世代〃とは、戦争を、子どもとして経験した世代だといっていい〉（二〇二三年十二月二十日朝刊）と語っている。その身体感覚は容易に消え去るものではない。だからこそ、古井文学には、空襲のことは折に触れ、何度も繰り返し、変奏されながら登場する。

平出隆との対談「「楽天」を生きる」で古井が〈小説というのは、テンスとして過去の精神につかなきゃいけない〉ものなのに、〈私自身は、しっかりした過去形のテンスを使えない。あらゆる認識、感覚、あるいは感受性が、実際に、本質的に、完全過去の形になり得ない〉と語っているのは、まさに幼少時に強烈に受けた身体感覚が過去のものにはならないことの表明でもあるのだと思う。

このように、吉本隆明ら六人との対談を収めた『小説家の帰還』に、古井の身体と表現をめぐる問題が集約的に出てくるのは、一連の対談が、たゆたう身体の襞を、幾重にも折り重なる時間とともに描いた『楽天記』の刊行直後に行われたからであろう。老いと死という身体の危機について楽天という人の心の動きを軸にして古井が書き始めたのは一九九〇年の「新潮」一月号から。その連載のさなかの九一年二月、脚の不自由がきわまり、頸椎間板ヘルニアで約五十日間入院した氏は、最後の二章は退院後に書いている。

『楽天記』出版直後の九二年四月三日に世田谷の自宅で記者が行ったインタビューに、古井は「自分の病気や死を意識せぬまま『楽天』について書いていた。だから天罰てきめん、現実に出し抜かれちゃったわけですよね」と苦笑いしていた。ただ、こうした経緯があるにもかかわらず、古井の筆は、しっかりと病気の輪郭を本人が意識したよりもはるかに克明に記しているのだ。江藤淳との対談「病気について」で、古井は、病気で入院する前に連載で書いた部分は、〈読んだら、この作者は自分の病気の進行を何から何まで見抜いて書いているのではないかというくらい、実に的確に自分の病気の兆候を表現しているんです。これでよく平気でいられたと、本人があとから呆れ返るぐらいです〉と語っている。これは、書く時に身体の中に埋まっている表現を掘り起こして書く古井ならではの発言といってよいだろう。

『自撰作品』の月報で連載した『半自叙伝』で、〈世のバブルが弾けるよりも前に、ひと足先におのれの首が壊れやがった、と後からは笑える話だった〉と書いているように、『楽天記』が書かれ、本書の対談が行われたのは、今に至る日本経済の低迷へとつながる転機の時期であり、本書刊行の一年とちょっと後には阪神・淡路大震災が起き、高速道路の橋脚が倒れ、崩れるなど、戦後に築かれた都市の脚なえ状態が露呈する。

このことも踏まえて対談集を読むと、本作は単に文学の語りだけではなく、時代の証言としても貴重で、味わい深いものであることがわかる。

（読売新聞記者）

年譜

古井由吉

一九三七年（昭和一二年）
一一月一九日、父英吉、母鈴の三男として、東京市荏原区平塚七丁目（現、品川区旗の台六丁目）に生まれる。父母ともに岐阜県出身。本籍地は岐阜県不破郡垂井町。祖父由之は、明治末、地元の大垣共立銀行の経営立直しにもかかわった岐阜県選出の代議士であった。

一九四四年（昭和一九年）　七歳
四月、第二延山国民学校に入学。

一九四五年（昭和二〇年）　八歳
五月二四日未明の山手大空襲により罹災、父の実家、岐阜県大垣市郭町に疎開。七月、同市も罹災し、母の郷里、岐阜県武儀郡美濃町（現、美濃市）に移り、そこで終戦を迎える。一〇月、東京都八王子市子安町二丁目に転居。八王子第四小学校に転入。

一九四八年（昭和二三年）　一一歳
二月、東京都港区白金台町二丁目に転居。

一九五〇年（昭和二五年）　一三歳
三月、東京都港区立白金小学校を卒業。四月、港区立高松中学校に入学。

一九五二年（昭和二七年）　一五歳
九月、東京都品川区北品川四丁目（御殿山）に転居。

一九五三年（昭和二八年）　一六歳

三月、虫垂炎をこじらせて腹膜炎で四〇日入院。同月、高松中学校を卒業。四月、独協高校に入学、ドイツ語を学ぶ。九月、都立日比谷高校に転校。同じ学年に福田章二（庄司薫）、塩野七生、二級上に坂上弘がいた。

一九五四年（昭和二九年）　一七歳
日比谷高校の文学同人誌『驚起』に加わり、小説一編を書く。この頃、倒産出版社のゾッキ本により、内外の小説を乱読する。

一九五六年（昭和三一年）　一九歳
三月、日比谷高校を卒業。四月、東京大学文科二類に入学。「歴史学研究会」に所属、明治維新研究グループに加わる。アルバイトにデパートの売り子などをした。七月、登山の初心者だったが、いきなり北アルプスの針ノ木雪渓に登らされた。

一九六〇年（昭和三五年）　二三歳
三月、東京大学文学部ドイツ文学科を卒業。卒業論文はカフカ、主に「日記」を題材とした。四月、同大学大学院修士課程に進む。

一九六二年（昭和三七年）　二五歳
三月、大学院修士課程を修了。修士論文はヘルマン・ブロッホ。四月、助手として金沢大学に赴任、金沢市材木町七丁目（現、橋場町五番）の中村印房に下宿。土地柄、酒に親しむようになった。『金沢大学法文学部論集』に「『死刑判決』に至るまでのカフカ」を載せる。岩手、秋田の国境の山を歩いた。

一九六三年（昭和三八年）　二六歳
一月、北陸大豪雪（三八豪雪）に遭う。半日屋根に上がって雪を降ろし、夜は酒を呑んで四膳飯を食うという生活が一週間ほど続いた。銭湯でしばしば学生に試験のことをたずねられて閉口した。ピアノの稽古を始めて、ふた月でやめる。夏、白山に登る。

一九六四年（昭和三九年）　二七歳
一一月、岡崎睿子と結婚、金沢市花園町に住む。ロベルト・ムージルについての小論文を学会誌に発表。
一九六五年（昭和四〇年）二八歳
四月、立教大学に転任、教養課程でドイツ語を教える。ヘルマン・ブロッホ、ノヴァーリス、ニーチェについて、それぞれ小論文を立教大学紀要および論文集に発表。東京都北多摩郡保谷市に住む。
一九六六年（昭和四一年）二九歳
文学同人「白描の会」に参加。同人に、平岡篤頼・高橋たか子・近藤信行・米村晃多郎らがいた。一二月、エッセイ「実体のない影」を『白描』七号に発表。この年はもっぱら翻訳に励み、また一般向けの自然科学書をよく読んでいた。
一九六七年（昭和四二年）三〇歳
四月、ヘルマン・ブロッホの長編小説「誘惑者」を翻訳して筑摩書房版『世界文学全集56　ブロッホ』に収めて刊行。／九月、長女麻子生まれる。ギリシャ語の入門文法をひと通りさらったが、後年続かず、この夏から手を染めた競馬のほうは続くことになった。
一九六八年（昭和四三年）三一歳
一月、処女作「木曜日に」を『白描』八号、一一月「先導獣の話」を同誌九号に発表。／一〇月、ロベルト・ムージルの「愛の完成」「静かなヴェロニカの誘惑」を翻訳、筑摩書房版『世界文学全集49　リルケ　ムージル』に収めて刊行。／九月、世田谷区上用賀二丁目に転居。一二月、虫歯の治療をまとめておこない、初めて医者から、老化ということをほのめかされた。
一九六九年（昭和四四年）三二歳
七月「菫色の空に」を『早稲田文学』、八月「円陣を組む女たち」を『海』創刊号、一一月「私のエッセイズム」を『新潮』、「子供たちの道」を『群像』、「雪の下の蟹」を『白描』一〇号に発表。『白描』への掲載はこの号でひとまず終了。／四月、八木岡英治の推輓で、学芸書林版『全集・現代文学の発見』別巻『孤独のたたかい』に「先導獣の話」が収められる。／一〇月、次女有子が生まれる。この年、大学紛争盛ん。

一九七〇年（昭和四五年）　三三歳

二月「不眠の祭り」を『海』、五月「男たちの円居」を『新潮』、八月「杳子」を『文芸』、一一月「妻隠」を『群像』に発表。／六月、第一作品集『円陣を組む女たち』（中央公論社）、七月『男たちの円居』（講談社）を刊行。／三月、立教大学を助教授で退職。八年続いた教師生活をやめる。この年、『文芸』などの仕事により阿部昭・黒井千次・後藤明生らを知る。作家たちと話した初めての体験であった。一一月、母親の急病の知らせに駆けつけると、ちょうど三島由紀夫死去のニュースが入った。

一九七一年（昭和四六年）　三四歳

二月より『文芸』に「行隠れ」の連作を開始（一一月まで全五編で完結）。三月「影」を『文学界』に発表。／一月『杳子・妻隠』（河出書房新社）を刊行。一一月、「新鋭作家叢書」全一八巻の一冊として『古井由吉集』を河出書房新社より刊行。／一月「杳子」により第六四回芥川賞を受賞。二月、母鈴死去。六二歳。親類たちに悔やみと祝いを一緒に言われることになった。五月、平戸から長崎まで、小説の《現場検証》のため旅行。

一九七二年（昭和四七年）　三五歳

二月「街道の際」を『新潮』、四月「水」を『季刊芸術』春季号、九月「狐」を『文学界』、一一月「衣」を『文芸』に発表。／三月『行隠れ』（河出書房新社）を刊行。一一月、講談社版『現代の文学36』に李恢成・丸山健二・高井有一とともに作品が収録される。／一月、山陰旅行。八月、金沢再訪。一二月、土佐高知に旅行、雪に降られる。

一九七三年（昭和四八年）　三六歳

一月「弟」を『文芸』、「谷」を『新潮』、五月「畑の声」を『新潮』に発表。九月より「櫛の火」を『文芸』に連載（七四年九月完結）。／二月『筑摩世界文学大系64 ムージル ブロッホ』に「愛の完成」「静かなヴェロニカの誘惑」「誘惑者」の翻訳を収録刊行。四月『水』（河出書房新社）、六月『雪の下の蟹・男たちの円居』（講談社文庫）を刊行。／三月、奈良へ旅行、東大寺二月堂の修二会のお水取りの行を外陣より見学する。八月、佐渡へ旅行。九月、新潟・秋田・盛岡をまわる。

一九七四年（昭和四九年）　三七歳

三月『円陣を組む女たち』（中公文庫）、一二月『櫛の火』（河出書房新社）を刊行。／二月、京都へ。神社仏閣よりも京都競馬場へ急行した。四月、関西のテレビに天皇賞番組のゲストとして登場する。七月、ダービー観戦記「橙色の帽子を追って」を日本中央競馬会発行の雑誌『優駿』に書く。八月、新潟まで競馬を見に行く。

一九七五年（昭和五〇年）　三八歳

一月「雫石」を『季刊芸術』冬季号、「駆ける女」を『新潮』に発表。同月より「聖」を『波』に連載（一二月完結）。／三月『櫛の火』が日活より神代辰巳監督で映画化される。六月『文芸』で、吉行淳之介と対談。

一九七六年（昭和五一年）　三九歳

一月「櫟馬」を『文芸』、三月「夜の香り」を『新潮』、四月「仁摩」を『季刊芸術』春季号に発表。六月「女たちの家」を『婦人公論』に連載（九月完結）。一〇月「哀原」を『文学界』、一一月「人形」を『太陽』に発表。／五月『聖』（新潮社）を刊行。／この頃から高井有一・後藤明生・坂上弘と寄り合う機会が多くなった。三月、『文芸』で武田泰淳と対談（一〇月、武田泰淳死去）。一一月、九州からの帰りに奈良に寄り、東大寺の三月堂の観音と戒壇院の四天王をつくづく眺めた。
一九七七年（昭和五二年）　四〇歳
一月「赤牛」を『文学界』、五月「女人」を『プレイボーイ』、六月「安堵」を『すばる』に発表。九月、後藤明生・坂上弘・高井有一と四人でかねて企画準備中だった同人雑誌『文体』を創刊、「栖」を創刊号に発表。一〇月「池沼」を『文学界』、一二月「肌」を『文体』二号に発表する。／二月『女たちの家』（中央公論社）、一一月『哀原』（文芸春秋）を刊行。／四月、京都東本願寺の職員組合に招かれ、若い僧侶たちと呑む。八月、金沢に旅行して金石・大野あたりの、室生犀星も遊んだはずの、渚と葦原が、埋め立てられて臨海石油基地になっているのを見て唖然とさせられる。帰路、新潟に寄る。
一九七八年（昭和五三年）　四一歳
三月「湯」を『文体』三号、四月「椋鳥」を『海』、六月「背」を『文体』四号、七月「親坂」を『世界』、九月「首」を『文体』五号、一一月「子安」を『小説現代』、一二月「子」を『文体』六号に発表。／六月『筑摩現代文学大系96』に黒井千次・李恢成・後藤明生とともに作品が収録される。一〇月『夜の香り』（新潮社）を刊行。／四月、若狭の矢代という漁村に「手杵祭」という祭りを見に行く。一二月、大阪での仕事の帰りに京都・奈良に寄る。同月、美濃・近江・若狭をめぐる。さまざまな観音像に出会った。この旅により菊地信義を知る。
一九七九年（昭和五四年）　四二歳
一月「咳花」を『文学界』、三月「道」を『文体』七号、六月「葛」を『文体』八号、七月「牛男」を『新潮』、九月「宿」を『文体』九号、一〇月「痩女」を『海』、一二月「雨」を『文体』一〇号に発表。／九月『女たちの家』（中公文庫）、一〇月『行隠れ』

（集英社文庫）、一一月『栖』（平凡社）、一二月『杳子・妻隠』（新潮文庫）を刊行。／この頃から、芭蕉たちの連句、心敬・宗祇らの連歌、さらに八代集へと、逆繰り式に惹かれるようになった。三月、丹波・丹後へ車旅。六月、郡上八幡、九頭竜川、越前大野、白山、白川郷、礪波、金沢、福井まで車旅、大江山を越える。八月、久しぶりの登山、安達太良山に登ったが、小学生たちにずんずん先を行かれた。一〇月、北海道へ車旅、根釧湿原のほとりに立つ。一二月、新宿のさる酒場で文芸編集者たちの歌謡大会の審査員をつとめた。この頃から『文体』の編集責任の番が回ってきたので、自身も素人編集者として忙しく出歩いた。

一九八〇年（昭和五五年）　四三歳

一月「あなたのし」を『文学界』に発表。エッセイ「一九八〇年のつぶやき」を『日本経済新聞』に全二四回連載（六月まで）。三月「声」を『文体』一一号、四月「あなおもしろ」を『海』に発表。五月より「無言のうちは」を『青春と読書』に隔月連載（八二年二月完結）。六月「親」を『文体』一二号（終刊号）、一〇月「明けの赤馬」を『新潮』に発表。一一月「槿」を寺田博主幹の『作品』創刊号に連載開始。／二月『水』（集英社文庫）、四月〜六月『全エッセイ』全三巻（作品社）、四月『山に行く心』、五月『言葉の呪術』、六月『日常の〝変身〟』、八月『椋鳥』（中央公論社）、一二月『親』（平凡社）を刊行。／二月、比叡山に登り雪に降られる。帰ってきて山の祟りか高熱をだした。五月、近江の石塔寺、信楽、伊賀上野、室生寺、聖林寺まで旅行した。その四日後のダービーの翌日、一二年来の栖を移り、同じ棟の七階から二階へ下ってきた。半月後に、腰に鈴を付けて大峰山に登る。五月『栖』により第一二回日本文学大賞を受賞。鮎川信夫と対談。六月

『文体』が一二号をもって終刊となる。一〇月、高野山から和歌浦、四国へ渡って讃岐の弥谷山まで旅行。

一九八一年（昭和五六年）　四四歳

一月「家のにおい」を『文学界』、二月「静かさや」を『文芸春秋』、四月「団欒」を『群像』、六月「冬至過ぎ」を『すばる』、一〇月「蛍の里」を『群像』、一一月「芋の月」を『すばる』に発表。一二月「知らぬおきなに」を『新潮』に発表。／六月『新潮現代文学80　聖・妻隠』（新潮社）、一二月『櫛の火』（新潮文庫）を刊行。／一月、成人の日に粟津則雄宅に、吉増剛造・菊地信義と集まり連句を始める。ずぶの初心者が発句を吟(よ)まされる。「越の梅初午近き円居かな」。二月、京都・伏見・鞍馬・小塩・水無瀬・石清水などをまわる。六月、福井から敦賀、色の浜、近江、大垣まで「奥の細道」の最後の道のりをたどる。また、雨の比叡山に時鳥の声を聞きに行き、ついで朽木から小浜まで足をのばし、また峠越えに叡山までもどる。同じく六月、東京のすぐ近辺で蛍の群れるところを見た。七月、父親が入院、病院通いが始まった。

一九八二年（昭和五七年）　四五歳

一月『作品』の休刊により中断していた「槿」の連載を新雑誌『海燕』で再開（八三年四月完結）。同月「囀りながら」を『海』、エッセイ「風雅和歌集」を『読売新聞』（一一〜一四、一六日）に発表。二月『青春と読書』に隔月で連載した作品が第一二回「帰る小坂の」で完結（『山躁賦』としてまとめられる）。四月「陽気な夜まわり」を『群像』、七月「飯を喰らう男」を同じく『群像』に発表。同月『図書』に連載エッセイ「私の《東京物語》考」を始める（八三年八月まで）。／四月『山躁賦』（集英社）を刊行。九月、文芸春秋『芥川賞全集』第八巻に「杳子」を収録刊行。同月より『古井由吉 作品』全七巻を河出書房新社より毎月一巻刊行開始（八三年三月完結）。／六月、『優駿』の依頼で、北海道は浦河の奥、杵臼の斎藤牧場まで行き、天皇賞馬モンテプリンス号の育成の苦楽を斎藤氏一家にたずねるうちに、父英吉死去の知らせが入った。八〇歳。

一九八三年（昭和五八年）　四六歳

一月より「一九八三年のぼやき」を共同通信配信の各紙において全一二回連載。四月二五日より八四年三月二七日まで、『朝日新聞』の「文芸時評」を全二四回連載。八月『図書』連載の「私の《東京物語》考」完結。一二月、菊地信義と対談「本が発信する物としての力」を『海』に載せる。／六月『槿』（福武書店）、一〇月『椋鳥』（中公文庫）を刊行。／九月、仲間が作品集完結祝いをしてくれる。同月『槿』で第一九回谷崎潤一郎賞を受賞。

一九八四年（昭和五九年）　四七歳

一月「裸々虫記」を『小説現代』に連載（八五年一二月完結）。九月「新開地より」を『海燕』、一〇月「客あり客あり」を『群像』に発表。一一月、吉本隆明と対談「現在における差異」を『海燕』に掲載。一二月「夜はいま——」を『潭』一号に発表。／三月『東京物語考』（岩波書店）、四月『グリム幻想』（PARCO出版局、東逸子と共著）、一一月、エッセイ集『招魂のささやき』（福武書店）を刊行。／六月、北海道の牧場をめぐる。九月『海燕』新人文学賞選考委員をつとめる（八九年まで）。一〇月、二週間の中国旅行、ウルムチ、トルファンまで行く。一二月、同人誌『潭』創刊。編集同人粟津則雄・入沢康夫・渋沢孝輔・中上健次・古井由吉、デザイナー菊地信義。

一九八五年（昭和六〇年）　四八歳

一月「壁の顔」を『海燕』、二月「邯鄲の」

を『すばる』、四月「叫女」を『潭』二号に発表。『優駿』にエッセイの連載を開始（二〇一九年二月まで）。五月「斧の子」を『三田文学』、六月「眉雨」を『海燕』、八月「道なりに」を『潭』三号、九月「踊り場参り」を『新潮』、一一月「秋の日」を『文学界』、一二月「沼のほとり」を『潭』四号に発表。／三月『明けの赤馬』（福武書店）刊行。／八月、日高牧場めぐり。

一九八六年（昭和六一年）　四九歳

一月「中山坂」を『海燕』に発表。二月、『文芸』春季号に「厠の静まり」を連作『仮往生伝試文』の第一作として発表（八九年五月『文芸』夏季号「また明後日ばかりまゐるべきよし」で完結）。四月「朝夕の春」を『潭』五号に発表。九月「卯の花朽たし」を『潭』六号、エッセイ「変身の宿」を『読売新聞』（一九日）、一二月「椎の風」を『潭』七号に発表。／一月『裸々虫記』（講談社）、二月『眉雨』（福武書店）、『聖・栖』（新潮文庫）、三月『「私」という白道』（トレヴィル）を刊行。／一月、芥川賞選考委員となる（二〇〇五年一月まで）。三月、一ヵ月にわたり栗津則雄・菊地信義・吉増剛造らとヨーロッパ旅行。吉増剛造運転の車により六〇〇〇キロほど走る。一〇月岐阜市、一一月船橋市にて、前記の三氏と公開連句を行う。

一九八七年（昭和六二年）　五〇歳

一月「来る日も」を『文学界』、「年の道」を『海燕』、二月「正月の風」を『青春と読書』、「大きな家に」を『潭』八号、八月「露地の奥に」を『新潮』、九月「往来」を『潭』九号に発表。一〇月、エッセイ「二十年ぶりの対面」を『読売新聞』（三一日）に掲載。一一月「長い町の眠り」を『石川近代文学全集10』に書き下ろす。／三月『夜はいま』（福武書店）、四月『山躁賦』（集英社文庫）、八月『フェティッシュな時代』（トレヴィル、田中康夫と共著）、九月、吉田健一・福永武彦・丸谷才一・三浦哲郎とともに『昭和文学全集23』（小学館）、一一月『石川近代文学全集10　曾野綾子・五木寛之・古井由吉』（石川近代文学館）、『夜の香り』（福武文庫）、一二月、ムージルの旧訳を改訂した『愛の完成・静かなヴェロニカの誘惑』（岩波文庫）を刊行。／一月、備前、牛窓に旅行。二月、熊野の火祭に参加、ついで木津川、奈良、京都、近江湖北をめぐる。四月「中山坂」で第一四回川端康成文学賞受賞。八月、姉柳沢愛子死去。

一九八八年（昭和六三年）五一歳

一月「庭の音」を『海燕』、随筆「道路」を『文学界』、四月「閑の頃」を『海燕』に発表。『すばる』臨時増刊《石川淳追悼記念号》に「石川淳の世界　五千年の涯」を載せる。五月「風邪の日」を『新潮』に、七月「畑の縁」を『海燕』に、一〇月「瀬田の先」を『文学界』に発表。／二月『雪の下の蟹・男たちの円居』（講談社文芸文庫）、四月、随想集『日や月や』（福武書店）、七月『ムージル　観念のエロス』（岩波書店）、『槿』（福武文庫）、一二月、古井由吉編『日本の名随筆73　火』（作品社）を刊行。／一〇月、カフカ生誕の地、チェコの首都プラハなどに旅行。

一九八九年（昭和六四年・平成元年）五二歳

一月「息災」を『海燕』に、三月「髭の子」を『文学界』に発表。四月「旅のフィールド・ノート〈オーストラリア〉」を『中央公論』に連載（七月まで）。七月「わずか十九年」を『海燕』阿部昭追悼特集に、「昭和の記憶　安堵と不逞と」を『太陽』に発表。八月『毎日新聞』に掌編小説「おとなり」（二日）を載せる。一〇月まで「読書ノート」を『文学界』に連載。一一月「影くらべ」を『群像』に発表。『すばる』に「インタビュー

文芸時評　古井由吉と『仮往生伝試文』」（聞き手　富岡幸一郎）が載る。／五月『長い町の眠り』（福武書店）、九月『仮往生伝試文』（河出書房新社）、一〇月『眉雨』（福武文庫）を刊行。／一二月、『中央公論』の連載のためオーストラリアに旅行。

一九九〇年（平成二年）　五三歳

一月『新潮』に「楽天記」の連載を開始（九一年九月完結）。五月、随筆「つゆしらず」を『文学界』、八月「夏休みのたそがれ時」を『日本経済新聞』（一九日）、九月「読書日記」を『中央公論』に発表。／三月『東京物語考』を同時代ライブラリーとして岩波書店より刊行。／二月、第四一回読売文学賞小説賞（平成元年度）を『仮往生伝試文』によって受賞。九月末からヨーロッパ旅行。一〇月初め、フランクフルトで開かれた日本文学とヨーロッパに関する国際シンポジウムに大江健三郎、安部公房らと出席。折しも、東西両ドイツ統合の時にいあわせる。その後、ドイツ国内、ウィーン、プラハを訪れる。

一九九一年（平成三年）　五四歳

一月「文明を歩く――統一の秋の風景」を『読売新聞』（二一～三〇日）に連載。二月「平成紀行」を『文芸春秋』に発表。『青春と読書』に「都市を旅する　プラハ」を連載（八月まで四回）。三月、エッセイ「男の文章」を『文学界』に発表。六月「天井を眺めて」を『日本経済新聞』（三〇日）に掲載。九月「楽天記」（『新潮』）完結。一一月より九二年二月まで『すばる』にエッセイを連載。／三月、新潮古典文学アルバム21『与謝蕪村・小林一茶』（新潮社、藤田真一と共著）を刊行。／二月、頸椎間板ヘルニアにより約五〇日間の入院手術を余儀なくされる。四月退院。一〇月、長兄死去。

一九九二年（平成四年）　五五歳

一月『海燕』に連載を開始（第一回「寝床の

上から」)。二月「蝙蝠ではないけれど」を『文学界』に発表。三月、養老孟司との対談「身体を言語化すると……」を『波』、四月、江藤淳と対談「病気について」を『海燕』、松浦寿輝と対談「『私』と『言語』の間で」を『ルプレザンタシオン』春号に載せる。『朝日新聞』(六〜一〇日)に「出あいの風景」を執筆。五月、平出隆と対談「『楽天』を生きる」を『新潮』、六月、エッセイ「だから競馬は面白い」を『文芸春秋』、七月「昭和二十一年八月一日」を『中央公論』、九月、吉本隆明と対談「漱石的時間の生命力」を『新潮』に掲載。／一月『招魂としての表現』(福武文庫)、三月『楽天記』(新潮社)を刊行。

一九九三年(平成五年) 五六歳

一月、大江健三郎と対談「小説・死と再生」を『群像』、随筆「この八年」を『新潮』、「無知は無垢」を『青春と読書』に載せる。『文芸春秋』に美術随想「聖なるものを訪ねて」を一二月まで連載。五月、「魂の日」(連載最終回)を『海燕』に発表。七月、創作「木犀の日」と評論「凝滞する時間」を『文学界』に発表。同月四日から一二月二六日までの各日曜日に『日本経済新聞』に「こころ」と題して随想を連載。八月「初めの言葉として《わたくし》」を『群像』に、「鏡を避けて」を『文芸』秋季号に発表。九月、吉本隆明と対談「心の病いの時代」を『中央公論文芸特集』に載せる。／八月『魂の日』(福武書店)、一二月『小説家の帰還 古井由吉対談集』(講談社)を刊行。／夏、柏原兵三の遺児光太郎君とベルリンを歩く。

一九九四年(平成六年) 五七歳

一月「鳥の眠り」を『群像』、江藤淳と対談「文学=隠蔽から告白へ——『漱石とその時代 第三部』について」を『新潮』、二月「追悼野口冨士男 四月一日晴れ」を『文芸』春季号、随筆「赤い門」を『文学界』、「ボケへの恐怖」を『新潮45』、三月「背中ばかりが暮れ残る」を『群像』、奥泉光と対談「超越への回路」を『文学界』に掲載。七月『新潮』に「白髪の唄」の連載を始める（九六年五月まで）。七月四日より一二月一九日まで『読売新聞』の「森の散策」にエッセイを寄稿。九月「陰気でもない十二年」を『本』に、一〇月『世界』に「日暮れて道草」の連載を開始（九六年一月まで）。／四月、随想集『平日寂寞』（講談社）、『水』（講談社文芸文庫）、八月『陽気な夜まわり』（講談社）、一二月、古井由吉編『馬の文化叢書9 文学　馬と近代文学』（馬事文化財団）を刊行。

一九九五年（平成七年）　五八歳

一月「地震のあとさき」を『すばる』、「新宿から山登り」を『青春と読書』、二月、柳瀬尚紀と対談「ポエジーの『形』がない時代の表現」を『海燕』、「震災で心に抱えこむいらだちと静まり」を『朝日新聞』（一六日）、四月、高橋源一郎と対談「表現の日本語」を『群像』、八月「『内向の世代』のひとたち」（講演記録）を『三田文学』に掲載。／五月『ムージル著作集』（松籟社刊）第七巻に「静かなヴェロニカの誘惑」「愛の完成」を収録。一〇月、競馬随想『折々の馬たち』（角川春樹事務所）、一一月『楽天記』（新潮文庫）を刊行。

一九九六年（平成八年）　五九歳

一月「日暮れて道草」（『世界』）の連載完結。五月「白髪の唄」（『新潮』）の連載完結。六月、福田和也と対談「言語欺瞞に満ちた時代に小説を書くということ」を『海燕』、同月「信仰の外から」を『東京新聞』（七日）、七月、大江健三郎と対談「百年の短編小説を読む」を『新潮』臨時増刊、八月『早稲田文学』に小島信夫・後藤明生・平岡篤頼らと座談会「われらの世紀の文学は」を掲載。一一月『群像』に連作「死者たちの言葉」の連載を開始。一二月、「クレーンクレーン」(連作 その二)を『群像』に、江藤淳との対談「小説記者夏目漱石――『漱石とその時代 第四部』をめぐって」を『新潮』に掲載。／六月『神秘の人びと』(岩波書店、「日暮れて道草」の改題)、八月『白髪の唄』(新潮社)、『山に彷徨う心』(アリアドネ企画)を刊行。

一九九七年(平成九年) 六〇歳

一月『群像』に、連作「島の日(死者たちの言葉 その三)」(以下、三月「火男」、四月「不軽」、五月「山の日」、七月「草原」、八月「百鬼」、九月「ホトトギス」、一一月「通夜坂」、一二月「夜明けの家」、九八年二月「死者のように」で完結)を発表。同月、中村真一郎との対談「日本語の連続と非連続」を『新潮』、随筆「姉の本棚 謎の書き込み」を『文学界』に掲載。二月「午の春に」(随筆)を『文芸』春季号に発表。六月「詩への小路」を『るしおる』(書肆山田)に連載開始(二〇〇五年三月まで)。七月「《追悼石和鷹》気をつけてお帰りください 石和鷹の声」を『すばる』に発表。一二月、西谷修と対談「全面内部状況からの出発」を『新潮』に掲載。／一月『白髪の唄』により第三七回毎日芸術賞受賞。

一九九八年(平成一〇年) 六一歳

二月「死者のように」を『群像』に掲載。八月、津島佑子と対談「生と死の往還」を『群像』に掲載。八月より、佐伯一麦との往復書簡を『波』に連載(翌年五月まで)。一〇月、藤沢周と対談「言葉を響かせる」を『文学界』に掲載。／二月『木犀の日 古井由吉自選短篇集』(講談社文芸文庫)、四月、短篇集『夜明けの家』(講談社)を刊行。／三月五日から一七日、右眼の黄斑円孔(網膜の黄斑部に微小の孔があく）の手術のため東大病院に入院。四月、河内長野の観心寺を再訪、如意輪観音の開帳に会う。同行、菊地信義。五月一四日から二五日、再入院再手術。七月、国東半島および臼杵（うすき）に、九月、韓国全羅南道の雲住寺に、石仏を訪ねる。一一月五日から一一日、右眼の網膜治療に伴う白内障の手術のため東大病院に入院。

一九九九年（平成一一年）　六二歳

一月、花村萬月と対談「宗教発生域」を『新潮』に掲載。二月より「夜明けまで」に始まる連作を『群像』に発表（以下、三月「晴れた眼」、五月「白い糸杉」、六月「犬の道」、八月「朝の客」、九月「日や月や」、一一月「苺」、二〇〇〇年二月「初時雨」、同三月「年末」、同四月「火の手」、同六月「知らぬ唄」、同七月「聖耳」で完結）。／一〇月、佐伯一麦との往復書簡集『遠くからの声』（新潮社）、『白髪の唄』（新潮文庫）を刊行。／二月一五日から二三日、左眼に黄斑円孔発症、前年の執刀医の転勤を追って、東京医科歯科大病院に入院。同じ手術を受ける。五月六日から一一日、左眼網膜治療に伴う白内障手術のため東大病院に入院。以後、右眼左眼ともに健全。八月五、六日、大阪に行き、後藤明生の通夜告別式に参列、弔辞を読む。一〇月一〇日から三〇日、野間国際文芸翻訳賞の授賞式に選考委員として出席のためにフランクフルトに行き、ついでに南ドイツからコルマール、ストラスブールをまわる。

二〇〇〇年（平成一二年）　六三歳

九月、松浦寿輝と対談「いま文学の美は何処にあるか」を『文学界』に、一〇月、山城むつみと対談「静まりと煽動の言語」を『群像』に、一一月、島田雅彦、平野啓一郎と鼎談「三島由紀夫不在の三十年」を『新潮』臨時増刊に掲載。／九月、連作短篇集『聖耳』（講談社）を刊行。一〇月、『二〇世紀の定義

1　二〇世紀への問い』（岩波書店）のなかに、「二〇世紀の岬を回り」を書く。／一〇月、長女麻子結婚。一一月、新宿の酒場「風花」で朗読会。以後、三ヵ月ほどの間隔で定期的に、毎回ホスト役をつとめ、ゲストを一人ずつ招いて続ける（二〇一〇年四月終了）。

二〇〇一年（平成一三年）六四歳

一月より、「八人目の老人」に始まる連作を『新潮』に発表（以下、二月「槌の音」、三月「白湯」、四月「巫女さん」、五月「枯れし林に」、六月「春の日」、八月「或る朝」、九月「天躁」、一〇月「峯の嵐か」、一一月「この日警報を聞かず」、一二月「坂の子」、二〇〇二年一月「忿翁」で完結）。一〇月から『毎日新聞』で松浦寿輝と往復書簡「時代のあわいにて」を交互隔月に翌年一一月まで連載。／五月、『二〇世紀の定義7　生きること死ぬこと』（岩波書店）に「『時』の沈黙」を書く。／三月三日、風花朗読会が旧知の河出書房新社編集者、飯田貴司の通夜にあたり、焼香の後風花に駆けつけ、ネクタイを換えて朗読に臨む。一一月、次女有子結婚。

二〇〇二年（平成一四年）六五歳

三月、齋藤孝と対談「声と身体に日本語が宿る」を『文学界』に、四月、養老孟司と対談「日本語と自我」を『群像』に、同月、奥山民枝と対談「怒れる翁とめでたい翁」を『波』に掲載。六月、連作「青い眼薬」を『群像』に連載開始（六月「1・埴輪の馬」、七月「2・石の地蔵さん」、八月「3・野川」、九月「4・背中から」、一〇月「5・忘れ水」、一一月「6・睡蓮」、一二月「7・彼岸」）。一〇月、中沢新一、平出隆と鼎談「正岡子規没後百年」を『新潮』に掲載。／三月、短篇集『忿翁』（新潮社）を刊行。／九月、長女麻子に長男生まれる。一一月四日から二〇日、朗読とシンポジウムのため、ナント、パリ、ウィーン、インスブルック、メラノに行く。二一日から二九日、ウィーンで休暇。

二〇〇三年（平成一五年）　六六歳

一月、小田実、井上ひさし、小森陽一と座談会「戦後の日米関係と日本文学」を『すばる』に掲載。一月五日から日曜毎に、随筆「東京の声・東京の音」を『日本経済新聞』に連載（一二月まで）。三月、連作「青い眼薬」を『群像』に掲載（三月「8・旅のうち」、四月「9・紫の蔓」、五月「10・子守り」、六月「11・花見」、七月「12・徴（しるし）」、九月「13・森の中」、一〇月「14・蟬の道」、一二月「15・夜の髭」）。四月、高橋源一郎と対談「文学の成熟曲線」を『新潮』に掲載。／一五月『槿』（講談社文芸文庫）を刊行。／一月二三日から三〇日、NHK・BS「わが心の旅」の取材のため、リーメンシュナイダーの祭壇彫刻を求め、かたわら中世末の《聖女》マルガレータ・フォン・エブナーの跡をたずね、ヴュルツブルク、ローテンブルク、メディンゲンなどを歩く。九月、南フランスでシンポジウム。

二〇〇四年（平成一六年）　六七歳

一月、『群像』に連作「青い眼薬」の完結篇「16・一滴の水」を発表。六月、高橋源一郎、島田雅彦と座談会「罰当たりな文士の懺悔」を『新潮』に掲載。七月、「辻」に始まる連作を『新潮』に発表（以下、八月「風」、九月「役」、一一月「割符」、一二月「受胎」）。八月、平出隆と対談「小説の深淵に流れるもの」を『群像』に掲載。／五月『野川』（講談社）、一〇月、随筆集『ひととせの東京の声と音』（日本経済新聞社）、一二月、新装新版『仮往生伝試文』（河出書房新社）を刊行。

二〇〇五年（平成一七年）　六八歳

一月、連作「辻」を『新潮』に不定期連載（一月「草原」、三月「暖かい髭」、四月「林の声」、五月「雪明かり」、七月「半日の花」、八月「白い軒」、九月「始まり」で完結)。五月、寺田博と対談「「かろうじて」の文学」を『早稲田文学』に掲載。／一月『聖なるものを訪ねて』(ホーム社・集英社発売)刊行。一二月、一九九七年六月から二〇〇五年三月まで『るしおる』に二五回にわたって連載した『詩への小路』(書肆山田)を刊行(ライナー・マリア・リルケ「ドゥイノの悲歌」の試訳をふくむ)。／一〇月、長女麻子に長女生まれる。

二〇〇六年(平成一八年) 六九歳

一月「休暇中」を『新潮』に発表。三月、蓮實重彥と対談「終わらない世界へ」を『新潮』に掲載。四月、連作「黙躁」を『群像』に連載開始(四月「1・白い男(『白暗淵』収録にあたって「朝の男」と改題)」、五月「2・地に伏す女」、六月「3・繰越坂」、八月「4・雨宿り」、九月「5・白暗淵」、一〇月「6・野晒し」、一一月「7・無音のおとずれ」)。七月、高橋源一郎、山田詠美との座談会「権威には生贄が必要」を『群像』に掲載。一二月「年越し」を『日本経済新聞』(三一日)に掲載。／一月、連作短篇集『辻』(新潮社)、九月『山躁賦』(講談社文芸文庫)を刊行。／四月、次女有子に長男生まれる。

二〇〇七年(平成一九年) 七〇歳

一月、連作「黙躁」を『群像』に掲載(一月「8・餓鬼の道」、二月「9・撫子遊ぶ」、四月「10・潮の変わり目」、五月「11・糸遊」、六月「12・鳥の声」で一二篇完結)。三月、『群像』誌上で松浦寿輝と対談。／八月、松浦寿輝との往復書簡集『色と空のあわいで』(講談社)、『野川』(講談社文庫)、九月、エッセイ集『始まりの言葉』(岩波書店)、一二月、連作短篇集『白暗淵』(講談社)を刊行。／七月、関東中央病院に検査入院。八月六日、日赤医療センターに入院。八日、頸椎を手術、一六年前と同じ主治医による。二三日、退院。

二〇〇八年（平成二〇年）七一歳

一月、福田和也との対談「平成の文学について」を『新潮』に掲載。二月、岩波書店の連続講演「漱石の漢詩を読む」を行う（週一回で計四回）。同月、『毎日新聞』に月一回のエッセイを連載開始。講演録「書く　生きる」を『すばる』に、三月「小説の言葉」を『言語文化』（同志社大学）に掲載。四月、『新潮』に連作を始める（四月「やすみしほどを」、六月「生垣の女たち」、八月「朝の虹」、一一月「涼風」）。／二月、講演録『ロベルト・ムージル』（岩波書店）を刊行。六月、『不機嫌の椅子　ベスト・エッセイ2008』（光村図書出版）に「人は往来」を収録。九月『夜明けの家』（講談社文芸文庫）、一二月『漱石の漢詩を読む』（岩波書店）を刊行。／この年、七〇代に入ってから二度目の連作にかかり、終わるものだろうかと心細くもなったが、心身好調だった。

二〇〇九年（平成二一年）七二歳

一月、前年からの連作を『新潮』に発表（一月「瓦礫の陰に」、四月「牛の眼」、六月「掌中の針」、八月「やすらい花」）。二月、随筆「招魂としての読書」を『すばる』に掲載。六月「ティベリウス帝『権力者の修辞』［タキトゥス『年代記』］」を『文芸春秋』に掲載。七月から『日本経済新聞』に週一度のエッセイ連載を始める。同月、島田雅彦と対談「恐慌と疫病下の文学」を『文学界』に掲載。／八月、坂本忠雄著『文学の器』（扶桑社）に福田和也との対談「川端康成『雪国』」を収録。一一月、口述をまとめた『人生の色気』（新潮社）を刊行。／この年、新聞のエッセイ連載がふたつ重なり、忙しくなったが、小説のほうにはよい影響を及ぼしたる。

ようだった。五月、次女有子に次男生まれ

二〇一〇年（平成二二年）　七三歳

一月、大江健三郎との対談「詩を読む、時を眺める」を『新潮』に、二月、佐伯一麦との対談「変わりゆく時代の『私』」を『すばる』に、三月、「小説家52人の2009年日記リレー」の二〇〇九年一二月二四日〜三一日を担当し『新潮』に掲載する。同月、往年の『文芸』および『海燕』の編集長寺田博氏亡くなる。四月、一〇年ほども新宿の酒場で続けた朗読会を第二九回目で終了。五月より「除夜」に始まる連作を『群像』に発表（以下、七月「明後日になれば」、一〇月「蜩の声」、一二月「尋ね人」）。一二月、佐々木中との対談「ところがどっこい旺盛だ。」を『早稲田文学　増刊π』に掲載。／三月『やすらい花』（新潮社）を刊行。この年、ビデオディスク『私の1冊　人と本との出会い』（アジア・コンテンツ・センター）に『山躁賦』を収録。／この年、初夏から秋にかけて長年の住まいの、築四二年目のマンションが三回目の改修工事に入り、騒音に苦しんで暮らすうちに、住まいというものの年齢を考えさせられた。

二〇一一年（平成二三年）　七四歳

一月、随筆「『が』地獄」を『新潮』に掲載。二月、前年からの連作を『群像』に掲載（二月「時雨のように」、四月「年の舞い」、六月「枯木の林」、八月「子供の行方」で完結）。三月「草食系と言うなかれ」を『文芸春秋』に掲載。四月から翌年三月まで、『読売新聞』「にほんご」欄に月一度、随筆（「時字随想」）を連載。六月「ここはひとつ腹を据えて」を『新潮45』に、一〇月、平野啓一郎との対談「震災後の文学の言葉」を『新潮』に、一二月、松浦寿輝との対談「小説家が老いるということ」を『群像』に掲載。／

一〇月『蜩の声』（講談社）刊行。／三月一一日の大震災の時刻は、自宅で「枯木の林」を書いている最中だった。

二〇一二年（平成二四年）　七五歳

一月、随筆「埋もれた歳月」を『文学界』に、片山杜秀との対談「ペシミズムを力に」を『新潮45』に、又吉直樹との対談「災いの後に笑う」を『新潮』に掲載。三月、随筆「紙の子」を『群像』に掲載。五月、「窓の内」に始まる連作を『新潮』に掲載（以下、八月「地蔵丸」、一〇月「明日の空」、一二月「方違え」）。同月「『古井由吉自撰作品』刊行記念連続インタヴュー『40年の試行と思考古井由吉を、今読むということ』（聞き手佐々木中）、『文学は「辻」で生まれる』（聞き手　堀江敏幸）」を『文芸』夏季号に掲載。七月、神奈川県川崎市の桐光学園中学校・高等学校にて、「言葉について」の特別講座を行う（二〇一三年八月、水曜社より刊行の『問いかける教室　13歳からの大学授業』に収録）。八月、中村文則との対談「予兆を描く文学」を『新潮』に掲載。一二月、一〇月二〇日に東京大学ホームカミングデイの文学部企画講演「翻訳と創作と」を加筆・修正して『群像』に掲載。／三月『古井由吉自撰作品』刊行開始（一〇月、全八巻完結）。『戦時下の青春』（『コレクション　戦争×文学15』）に「赤牛」が収録、集英社から刊行。七月、前年四月一八日からこの年三月二〇日まで『朝日新聞』に連載した佐伯一麦との震災をめぐる往復書簡を『言葉の兆し』として朝日新聞出版から刊行。／思いがけず河出書房新社から作品集を出すことになった。

二〇一三年（平成二五年）　七六歳

三月、前年からの連作を『新潮』に掲載（三月「鐘の渡り」、五月「水こほる聲」、七月「八ツ山」、九月「机の四隅」で完結）。／六月『聖耳』（講談社文芸文庫）を刊行。／一月、又吉直樹がパーソナリティーを務めるニッポン放送のラジオ番組「ピース又吉の活字の世界」に出演（一月一六、二三日放送）。

二〇一四年（平成二六年）七七歳

一月より、「躁がしい徒然」に始まる連作を『群像』に発表（以下、三月「死者の眠りに」、五月「踏切り」、七月「春の坂道」、九月「夜明けの枕」、一一月「雨の裾」）。一月、随筆「病みあがりのおさらい」を『新潮』に、五月、随筆「顎の形」を『文芸春秋』に掲載。六月、大江健三郎との対談「言葉の宙に迷い、カオスを渡る」を『新潮』に掲載。／二月、『新潮』の連作をまとめた『鐘の渡り』（新潮社）、三月、『古井由吉自撰作品』の月報の連載をまとめた『半自叙伝』（河出書房新社）、六月『辻』（新潮文庫）を刊行。

二〇一五年（平成二七年）七八歳

前年からの連作を『群像』に掲載（一月「虫の音寒き」、三月「冬至まで」で完結）。一月、随筆「夜の楽しみ」を『新潮』に、随筆「達意ということ」を『文学界』に掲載。三月、大江健三郎との対談「文学の伝承」を『新潮』に、七月、堀江敏幸との対談「連れ連れに文学を思う」を『群像』に掲載。八月より、「後の花」に始まる連作を『新潮』に発表（以下、一〇月「道に鳴きつと」、一二月「人違い」）。一〇月、六月二九日に紀伊國屋サザンシアターにて行われた大江健三郎とのトークイベントを「漱石100年後の小説家」のタイトルで『新潮』に掲載。一二月、九月二日に八重洲ブックセンターで行われた又吉直樹とのトークイベントを「小説も舞台も、破綻があるから面白い」のタイトルで『群像』に掲載。／三月、TOKYO MXの「西部邁ゼミナール」に富岡幸一郎と出演（三月一五、二二、二九日放送）。五月、「東京大学新図書館トークイベントEXTRA」（飯田橋文学会、東京大学大学院総合文化研究科・教養学部附属共生のための国際哲学研究センター、東京大学附属図書館共催）における阿部公彦とのトークショーで、『辻』『白暗淵』『やすらい花』について語る（二〇一七年一一月、東京大学出版会より刊行の『現代作家アーカイヴ1　自身の創作活動を語る』に収録）。一一月、SMAPの稲垣吾郎がホストを務めるTBSテレビ「ゴロウ・デラックス」に出演、「課題図書」は『雨の裾』（一一月一二日放送）。／四月、大江健三郎との対談集『文学の淵を渡る』（新潮社）、六月、『群像』の連作をまとめた『雨の裾』（講談社）を刊行。同月、『現代小説クロニクル1995～1999』（日本文藝家協会編）に「不軽」が収録、講談社文芸文庫から刊行。七月、『仮往生伝試文』を講談社文芸文庫より初めて文庫本として刊行。

二〇一六年（平成二八年）　七九歳

前年からの連作を『新潮』に掲載（一月「時の刻み」、四月「年寄りの行方」、六月「ゆらぐ玉の緒」、八月「孤帆一片」、一〇月「その日暮らし」）。／一月、『「内向の世代」初期作品アンソロジー』（黒井千次選）に「円陣を組む女たち」が収録、講談社文芸文庫から刊行。六月『白暗淵』（講談社文芸文庫）を刊行。

二〇一七年（平成二九年）　八〇歳

六月、又吉直樹との対談「暗闇の中の手さぐり」を『新潮』に掲載。八月より、「たなごころ」に始まる連作を『群像』に発表（以下、一〇月「梅雨のおとずれ」、一二月「その日のうちに」）。／二月、『新潮』の連作をまとめた『ゆらぐ玉の緒』（新潮社）、『半自叙伝』（河出文庫）、五月『蜩の声』（講談社文芸文庫）、七月、エッセイ集『楽天の日々』（キノブックス）を刊行。

二〇一八年（平成三〇年）　八一歳

前年からの連作を『群像』に掲載（二月「野の末」、四月「この道」、六月「花の咲く頃には」、八月「雨の果てから」、一〇月「行方知れず」で完結）。三月、「創る人52人の『激動2017』日記リレー」の二〇一七年一一月一九日〜二五日を担当し『新潮』に掲載する。／五月、『群像短篇名作選 2000 〜 2014』（群像編集部編）に「白暗淵」が収録、講談社文芸文庫から刊行。

二〇一九年（平成三一年・令和元年）　八二歳

一月、インタヴュー「読むことと書くことの共振れ」（聞き手・構成　すんみ）を『すばる』に掲載。二月、三四年続けた『優駿』のエッセイ連載を終了。四月、インタヴュー「生と死の境、『この道』を歩く」（聞き手　蜂飼耳）を『群像』に掲載。七月より、「雛の春」に始まる連作を『新潮』に発表（以下、九月「われもまた天に」、一一月「雨あがりの出立」）。／一一月、『群像』の連作をまとめた『この道』（講談社）を刊行。一二月、『深淵と浮遊　現代作家自己ベストセレクション』（高原英理編）に「瓦礫の陰に」が収録、講談社文芸文庫から刊行。／七月、次兄死去。この年、肝細胞がんなどの治療のため、関東中央病院に四回入退院。

二〇二〇年（令和二年）

一月、『詩への小路　ドゥイノの悲歌』（講談社文芸文庫）を刊行。同月、『戦時下の青春』（「セレクション戦争と文学7」集英社文庫）に「赤牛」が収録される。

二月一八日、肝細胞がん骨転移のため死去。享年八二。

四月「遺稿」を『新潮』五月号に掲載。また文芸各誌に追悼特集が掲載される。『群像』五月号に「追悼　古井由吉」（奥泉光「感謝と追悼」、角田光代「ありがとうございました」、黒井千次「遠いもの近いもの」、中村文則「生死を越え」、蓮實重彥「古井由吉とは親しい友人関係になかった」、蜂飼耳「一度だけの記憶」、保坂和志「身内に鼓動する思念」、堀江敏幸「往生を済ませていた人」、町田康「渡ってきたウイスキーの味」、松浦寿輝「静かな暮らし」、見田宗介「邯鄲の夢蝶の夢」、山城むつみ「いままた遂げた」、吉増剛造「小さな羽虫が一匹、ゆっくりと飛んだ」、富岡幸一郎「古井由吉と現代世界——文学の衝撃力」)、『新潮』五月号に「追悼・古井由吉」(蓮實重彥「三篇の傑作について——古井由吉をみだりに追悼せずにおくために」、島田雅彥「生死不明」、佐伯一麦「枯木の花の林」、平野啓一郎「「踏まえるべきもの」の絶えた時代に」、又吉直樹「ここにあるもの」)、『文学界』五月号に「追悼・古井由吉」(柄谷行人「古井由吉の永遠性」、蓮實重彥「学生服姿の古井由吉——その駒場時代の追憶」、三浦雅士「知覚の現象学の華やぎ——古井由吉を悼む」、中地義和「音律の探求者」、大井浩一「奇跡のありか——後期連作群をめぐって」、安藤礼二「境界を生き抜いた人——古井由吉試論」、島田雅彦×松浦寿輝対談「他界より眺めてあらば」、随想再録「達意ということ」)、『すばる』五月号に「追悼　古井由吉」(モブ・ノリオ「古井ゼミのこと」、すんみ「「わからない」という感覚から始まる」)、『文芸』夏季号に「追悼　古井由吉」(堀江敏幸「古井語の聴き取れる場所」、佐々木中「クラクフ、ビルケナウ、ウィーン中央駅十一時十分発」、朝吹真理子「冥界の門前」)。六月、『野川』(講談社文芸文庫)、九月、遺稿を含む『新潮』の連作をまとめた『われもまた天に』(新潮社)、一二月、講演録と未収録エッセイ、芥川賞選評をまとめた『書く、読む、生きる』(草思社)を刊行。

二〇二一年(令和三年)

一月、『私のエッセイズム　古井由吉エッセイ撰』（河出書房新社）、二月、『こんな日もある　競馬徒然草』（講談社）、五月、『東京物語考』（講談社文芸文庫）、一二月、佐伯一麦との共著『往復書簡』（講談社文芸文庫）を刊行。

二〇二二年（令和四年）
二月、『この道』（講談社文庫）、『連れ連れに文学を語る　古井由吉対談集成』（草思社）、一〇月、『楽天記』（講談社文芸文庫）を刊行。

二〇二三年（令和五年）
三月、『装幀余話』（作品社。菊地信義最後の著書。菊地の一周忌にあたる二八日の発行）に菊地との対談「美術館にてのめぐりあい——国立西洋美術館」（「一枚の繪」一九八〇年一二月号）と「対話」（「海」八三年一二月号）が収録される。

二〇二四年（令和六年）
二月、『楽天の日々　改訂新版』（草思社文庫）、九月、『古井由吉翻訳集成　ムージル・リルケ篇』（草思社）を刊行。

（著者編・編集部補足）

本書は一九九三年十二月講談社刊の『小説家の帰還　古井由吉対談集』を底本としました。明らかな誤記や誤植と思われる箇所を訂正し、一部ルビを調整しましたが、そのほかは底本に従いました。

小説家の帰還 古井由吉対談集

古井由吉

2024年10月10日第1刷発行

発行者……………………篠木和久
発行所……………………株式会社 講談社
〒112-8001 東京都文京区音羽2・12・21
電話 編集 (03) 5395・3513
販売 (03) 5395・5817
業務 (03) 5395・3615

デザイン…………………水戸部 功
印刷…………………………株式会社ＫＰＳプロダクツ
製本…………………………株式会社国宝社
本文データ制作………講談社デジタル製作

ISBN978-4-06-537248-7

講談社文芸文庫

永井龍男	一個|秋その他	中野孝次——解／勝又 浩——案
永井龍男	カレンダーの余白	石原八束——人／森本昭三郎-年
永井龍男	東京の横丁	川本三郎——解／編集部——年
中上健次	熊野集	川村二郎——解／関井光男——案
中上健次	蛇淫	井口時男——解／藤本寿彦——年
中上健次	水の女	前田 塁——解／藤本寿彦——年
中上健次	地の果て 至上の時	辻原 登——解
中上健次	異族	渡邊英理——解
中川一政	画にもかけない	高橋玄洋——人／山田幸男——年
中沢けい	海を感じる時|水平線上にて	勝又 浩——解／近藤裕子——案
中沢新一	虹の理論	島田雅彦——解／安藤礼二——年
中島 敦	光と風と夢|わが西遊記	川村 湊——解／鷺 只雄——案
中島 敦	斗南先生|南島譚	勝又 浩——解／木村一信——案
中野重治	村の家|おじさんの話|歌のわかれ	川西政明——解／松下 裕——案
中野重治	斎藤茂吉ノート	小高 賢——解
中野好夫	シェイクスピアの面白さ	河合祥一郎-解／編集部——年
中原中也	中原中也全詩歌集 上・下 吉田凞生編	吉田凞生——解／青木 健——案
中村真一郎	この百年の小説 人生と文学と	紅野謙介——解
中村光夫	二葉亭四迷伝 ある先駆者の生涯	絓 秀実——解／十川信介——案
中村光夫選	私小説名作選 上・下 日本ペンクラブ編	
中村武羅夫	現代文士廿八人	齋藤秀昭——解
夏目漱石	思い出す事など|私の個人主義|硝子戸の中	石﨑 等——年
成瀬櫻桃子	久保田万太郎の俳句	齋藤礎英——解／編集部——年
西脇順三郎	ambarvalia|旅人かへらず	新倉俊一——人／新倉俊一——年
丹羽文雄	小説作法	青木淳悟——解／中島国彦——年
野口冨士男	なぎの葉考|少女 野口冨士男短篇集	勝又 浩——解／編集部——年
野口冨士男	感触的昭和文壇史	川村 湊——解／平井一麥——年
野坂昭如	人称代名詞	秋山 駿——解／鈴木貞美——案
野坂昭如	東京小説	町田 康——解／村上玄一——年
野崎 歓	異邦の香り ネルヴァル『東方紀行』論	阿部公彦——解
野間 宏	暗い絵|顔の中の赤い月	紅野謙介——解／紅野謙介——年
野呂邦暢	[ワイド版]草のつるぎ|一滴の夏 野呂邦暢作品集	川西政明——解／中野章子——年
橋川文三	日本浪曼派批判序説	井口時男——解／赤藤了勇——年
蓮實重彥	夏目漱石論	松浦理英子-解／著者——年

▶解=解説 案=作家案内 人=人と作品 年=年譜を示す。 2024年10月現在

蓮實重彦 —「私小説」を読む　小野正嗣—解／著者—年
蓮實重彦 — 凡庸な芸術家の肖像 上 マクシム・デュ・カン論
蓮實重彦 — 凡庸な芸術家の肖像 下 マクシム・デュ・カン論　工藤庸子—解
蓮實重彦 — 物語批判序説　磯﨑憲一郎-解
蓮實重彦 — フーコー・ドゥルーズ・デリダ　郷原佳以—解
花田清輝 — 復興期の精神　池内 紀—解／日高昭二—年
埴谷雄高 — 死霊 I II III　鶴見俊輔—解／立石 伯—年
埴谷雄高 — 埴谷雄高政治論集 埴谷雄高評論選書1 立石伯編
埴谷雄高 — 酒と戦後派 人物随想集
濱田庄司 — 無盡蔵　水尾比呂志-解／水尾比呂志-年
林 京子 — 祭りの場｜ギヤマン ビードロ　川西政明—解／金井景子—案
林 京子 — 長い時間をかけた人間の経験　川西政明—解／金井景子—年
林 京子 — やすらかに今はねむり給え｜道　青来有一—解／金井景子—年
林 京子 — 谷間｜再びルイへ。　黒古一夫—解／金井景子—年
林 芙美子 — 晩菊｜水仙｜白鷺　中沢けい—解／熊坂敦子—案
林原耕三 — 漱石山房の人々　山崎光夫—解
原 民喜 — 原民喜戦後全小説　関川夏央—解／島田昭男—年
東山魁夷 — 泉に聴く　桑原住雄—人／編集部—年
日夏耿之介 - ワイルド全詩（翻訳）　井村君江—解／井村君江—年
日夏耿之介 - 唐山感情集　南條竹則—解
日野啓三 — ベトナム報道　著者—年
日野啓三 — 天窓のあるガレージ　鈴村和成—解／著者—年
平出 隆 — 葉書でドナルド・エヴァンズに　三松幸雄—解／著者—年
平沢計七 — 一人と千三百人｜二人の中尉 平沢計七先駆作品集　大和田 茂—解／大和田 茂—年
深沢七郎 — 笛吹川　町田 康—解／山本幸正—年
福田恆存 — 芥川龍之介と太宰治　浜崎洋介—解／齋藤秀昭—年
福永武彦 — 死の島 上・下　富岡幸一郎-解／曾根博義—年
藤枝静男 — 悲しいだけ｜欣求浄土　川西政明—解／保昌正夫—案
藤枝静男 — 田紳有楽｜空気頭　川西政明—解／勝又 浩—案
藤枝静男 — 藤枝静男随筆集　堀江敏幸—解／津久井 隆—年
藤枝静男 — 愛国者たち　清水良典—解／津久井 隆—年
藤澤清造 — 狼の吐息｜愛憎一念 藤澤清造 負の小説集 西村賢太編・校訂　西村賢太—解／西村賢太—年
藤澤清造 — 根津権現前より 藤澤清造随筆集 西村賢太編　六角精児—解／西村賢太—年
藤田嗣治 — 腕一本｜巴里の横顔 藤田嗣治エッセイ選 近藤史人編　近藤史人—解／近藤史人—年

舟橋聖一	芸者小夏	松家仁之——解／久米 勲——年
古井由吉	雪の下の蟹｜男たちの円居	平出 隆——解／紅野謙介——案
古井由吉	古井由吉自選短篇集 木犀の日	大杉重男——解／著者——年
古井由吉	槿	松浦寿輝——解／著者——年
古井由吉	山躁賦	堀江敏幸——解／著者——年
古井由吉	聖耳	佐伯一麦——解／著者——年
古井由吉	仮往生伝試文	佐々木 中——解／著者——年
古井由吉	白暗淵	阿部公彦——解／著者——年
古井由吉	蜩の声	蜂飼 耳——解／著者——年
古井由吉	詩への小路 ドゥイノの悲歌	平出 隆——解／著者——年
古井由吉	野川	佐伯一麦——解／著者——年
古井由吉	東京物語考	松浦寿輝——解／著者——年
古井由吉 佐伯一麦	往復書簡『遠くからの声』『言葉の兆し』	富岡幸一郎-解
古井由吉	楽天記	町田 康——解／著者——年
古井由吉	小説家の帰還 古井由吉対談集	鵜飼哲夫——解／著者・編集部-年
北條民雄	北條民雄 小説随筆書簡集	若松英輔——解／計盛達也——年
堀江敏幸	子午線を求めて	野崎 歓——解／著者——年
堀江敏幸	書かれる手	朝吹真理子-解／著者——年
堀口大學	月下の一群（翻訳）	窪田般彌——解／柳沢通博——年
正宗白鳥	何処へ｜入江のほとり	千石英世——解／中島河太郎-年
正宗白鳥	白鳥随筆 坪内祐三選	坪内祐三——解／中島河太郎-年
正宗白鳥	白鳥評論 坪内祐三選	坪内祐三——解
町田康	残響 中原中也の詩によせる言葉	日和聡子——解／吉田凞生・著者-年
松浦寿輝	青天有月 エセー	三浦雅士——解／著者——年
松浦寿輝	幽｜花腐し	三浦雅士——解／著者——年
松浦寿輝	半島	三浦雅士——解／著者——年
松岡正剛	外は、良寛。	水原紫苑——解／太田香保——年
松下竜一	豆腐屋の四季 ある青春の記録	小嵐九八郎-解／新木安利他-年
松下竜一	ルイズ 父に貰いし名は	鎌田 慧——解／新木安利他-年
松下竜一	底ぬけビンボー暮らし	松田哲夫——解／新木安利他-年
丸谷才一	忠臣蔵とは何か	野口武彦——解
丸谷才一	横しぐれ	池内 紀——解
丸谷才一	たった一人の反乱	三浦雅士——解／編集部——年

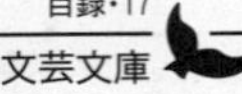